Kotter Editorial 2022

# O PAÍS DOS SANTOS

Kotter Editorial



**coordenação editorial**
Sálvio Nienkötter

**editor executivo**
Fernando Lajus

**editor-adjunto**
Claudecir de Oliveira Rocha
Daniel Osiecki

**capa | projeto gráfico**
Paula Villa Nova

**produção**
Cristiane Nienkötter

**revisão**
Federica Giovana Fochesato

Dados Internacionais de Catalogação na Publicação (CIP)
Angélica Llacqua CRB-8/7057

---

Scarpel, Fernando
O País dos Santos | Fernando Scarpel
Curitiba: Kotter Editorial, 2022.
144 p.

ISBN 978-65-5361-067-5

1. Ficção brasileira 2. Política – Ficção I.
Título "O País dos Santo"

22-1626 CDDB869.3

---

1ª edição

Kotter Editorial
Rua das Cerejeiras, 194 | Curitiba | PR | 82700-510
+55 41 3585-5161 | www.kotter.com.br | contato@kotter.com.br

FERNANDO SCARPEL

# O PAÍS DOS SANTOS

# PREFÁCIO

Segundo o cronista Lourenço Diaféria, produzir a ficção é trabalhar a realidade em perspectiva. Na obra do escritor Fernando Scarpel há uma narrativa muito interessante cuja abrangência se dá em torno da alquimia do real com o ficcional. Afinal, qual é o limite entre um e outro? A vida imita a arte ou a arte imita a vida? Eis uma questão que há muito provoca a condição humana.

Pensar a contemporaneidade não é uma tarefa fácil, uma vez que a sua transcorrência é efêmera e complexa sob os aspectos sociais, políticos, econômicos, comportamentais, religiosos, culturais e ambientais. É intrigante e instigante o mundo em que vivemos configurado naquilo que o grande teórico da comunicação, Marshall Mcluhan disse: o meio é a mensagem em uma Aldeia Global. Portanto, a desterritorialidade em uma economia capitalista globalizada neoliberal se contrapõe à ideia de Estado-Nação. A interconectividade digitalizada em tempo real transpõe fronteiras balizada pelo poder do mercado que estabelece a nova divisão internacional do trabalho, isto é, quem faz o quê? Quem fornece comodities e quem as processa com muita técnica, tecnologia em nome do lucro, que nutre a competitividade e o consumismo para atender a voracidade das grandes corporações transnacionais. Não bastasse essa máquina triturante da nova desordem mundial, poucos bilionários controlam uma riqueza jamais produzida nos últimos cinquenta anos da nossa história, marginalizando impiedosamente dois terços da humanidade em nosso planeta, resultando no desemprego estrutural, crise humanitária, fome, miséria, destruição implacável do meio ambiente, ascensão do negacionismo científico e da ideologia conservadora e reacionária de extrema-direita.

É justamente nesse contexto de injustiças e profundas desigualdades que Scarpel, muito bem articulado e sagaz, delineia os contornos mais nefastos da política brasileira marcada pela corrupção protagonizada pela elite do atraso, com requintes de canalhice totalmente subserviente ao capital transnacional, por ele denominada como a dos Santos e Beneditos, em detrimento do povo sofrido, faminto e precarizado composto pelos Zés Manés.

Os personagens da obra transitam pela lógica capitalista destrutiva e predatória na qual "o você, para mim, é problema seu". Assim sendo, entrecortando o enredo em pontos e contrapontos, curiosamente o povo brasileiro tão desprezado, tão humilhado, tão acéfalo, de acordo com o senso comum, reage a esse estado calamitoso de profundo abandono através de uma pindorâmica antropofagia abaporu contra os donos do poder, isto

**EU** estava em uma festa, em uma enorme mansão de propriedade de um artista muito rico, que ganhou a sua fortuna com um programa de televisão ridículo da ridícula rede Plim-Plim, mas que era adorado pela audiência e vendia de tudo. Eu ainda não compreendia como eu havia chegado ali, já que eu não era artista, não era da televisão, não conhecia o anfitrião e nenhuma daquelas pessoas, à exceção, claro, da minha namorada e de seu amigo, que tinha um amigo, cujo primo fora convidado para a festa e nos levou junto. Entramos um tanto de bicudos, mas estávamos lá sentados à mesa, ouvindo um som muito alto de um grupo de rock ao vivo. Simplesmente, não era possível falar com as pessoas ao lado, portanto, apenas ouvíamos a música, comíamos e bebíamos.

Na falta do que fazer, eu aproveitava e curtia loucamente com a minha namorada em beijos e abraços, imaginando como seria se pulássemos nus naquela piscina, escandalosamente. Se fosse possível sermos mais escandalosos que os convidados que dançavam freneticamente, possuídos pelos demônios modernos e pelo ecstasy, como em uma grande sessão de descarrego. Alguns ostentavam piercings e tatuagens por todo o corpo, outros usavam perucas de cores berrantes. Havia mulheres com roupas estranhas, outras quase sem roupas, algumas muito masculinizadas, enquanto alguns homens dançavam cambaleantes, extremamente alcoolizados. E muitos e muitos homossexuais se beijavam para que todos vissem e soubessem de todo o amor que tinham para dar.

Tudo isso à beira da piscina entre mesas finamente decoradas com adornos de frutas e flores, cristais, cartãozinho de buffet e cadeiras vestidas de panos brancos até o chão.

Eu fui até o bar buscar um suco de abacaxi com hortelã.

Sentei-me em um dos bancos no balcão do bar, enquanto esperava que a garçonete de roupas justas e seios em evidência me atendesse. Olhei para a piscina semiolímpica de ampla área em seu entorno rodeada de mesas e cadeiras. No gramado do lado oposto ao bar, a banda tocava sem parar. Quando do vocalista oficial se cansava a voz, um companheiro o substituía, depois, o principal retornava. Alguns malabaristas faziam suas exibições com malabares flamejantes e um é, tudo aquilo que causou a sua destruição tornou-se, por mais estranho que pudesse parecer, os nutrientes necessários para a sua vingança contumaz em uma metamorfose social tangenciada por um realismo fantástico epifânico encarniçadamente canibalesco.

É certo que "O País dos Santos" tem uma narrativa cataclísmica, hecatômbica e profundamente distópica do Brasil do presidente pateta, porém, como dizia o grande escritor José Saramago: os únicos interessados em mudar o mundo são os pessimistas porque os otimistas são encantados com o que existe.

Boa leitura.

Poeta Moraes

mágico circulava divertindo os convidados. Suspeitas garotas em provocantes trajes passavam, lançando olhares às carteiras recheadas dos seus acompanhantes e de outras pessoas para ver se obtinham algo extra. Em alguns casos, disputavam espaço com rapazes igualmente suspeitos. Percebi pessoas consumindo todo tipo de drogas lícitas e ilícitas, mas eu me encontrava sóbrio, pois não sou destes que precisam de alguma droga para se divertir.

Aliás, manter-me sóbrio, salvar-me-ia de muitas situações vexatórias.

No entanto, ali eu estava procurando alguns bons contatos no meio dessa gente tão rica e cheia de fingimento. Eu queria encontrar alguém que não estivesse arrotando caviar depois de comer salsicha, tipo típico que frequenta estas festas de artistas. Eu garimpava alguém que pudesse alavancar alguns projetos importantes, permitindo-me galgar degraus da escala social. Primeiro, obter dinheiro, e segundo, obter poder, se puder. A preferência era por algum político, de qualquer orientação, que tivesse conhecimento da área de maracutaias, influências em setores importantes, roubalheiras em geral. As aparências me enganavam, no entanto, foi ali, na beira da mesa do bar, que vi uma massa disforme, pequena. Assemelhava-se a um pedaço de carne que se mexia, não tinha olhos, boca e nem corpo, era apenas um pedaço pequeno de carne vermelha que se movimentava. Parecia algum tipo de lesma ou de caramujo sem casca. Eu tentava entender o que era aquilo e não conseguia compreender, peguei um garfo de plástico para espetar o estranho ser do tamanho de um ovo cozido quando ouvi gritos vindos da beira da piscina.

Do fundo de um quarto, surgiu um rapaz louro e de olhos claros, alto, bem alto, bêbado, extremamente bêbado, que gritava para as pessoas, dizendo que iria matar a ex-namorada porque ela o deixara, e também mataria o atual namorado dela. Algumas pessoas tentavam acalmar esse rapaz que se dizia artista, mas eu não fazia ideia de quem ele era porque eu não tinha o costume de assistir novela. Quando ele sacou um revólver da cintura, todos ficaram com medo, três correram, dois se jogaram no chão, um caiu na piscina, outro derrubou o copo de cerveja. Descontrolado, ele apontava, sem direção, a arma para todos e para ninguém ao mesmo tempo - qualquer um poderia ser alvo de um eventual tiro. Imediatamente, quase todas as outras pessoas ligaram a câmera dos seus telefones celulares para filmar o que estava acontecendo, preocupados, mas nem tanto, com a possibilidade de levar um tiro, estando mais interessados em lançar um vídeo lacrador nas redes digitais.

A situação tornou-se muito tensa ao redor do rapaz e eu imaginei que fosse apenas um simples acesso de fúria de um ex-corno, desejoso de cometer um crime passional para limpar a sua alma e sua honra com o sangue da mulher amada. Depois, passaria o resto da vida explicando-se na polícia, talvez preso, talvez fugindo, como forma de dar um sentido à sua existência ridícula. Coisa banal, machismo bruto, violência

gratuita que costuma acabar em morte, nada com que a gente se espante no Brasil.

Enquanto tudo isso acontecia, de soslaio, percebi a marca do biquíni na garçonete de seios em evidência que colocou o suco muito próximo de si. Sorrateiramente, peguei o copo tocando, ao mesmo tempo, aqueles seios maravilhosos e macios. Ao perceber o sorriso maroto da moça, lancei meu mais poderoso olhar 43, aproximei-me e lhe disse coisas no ouvido que a fizeram tremer dentro do vestido. Deixei-lhe meu antiquado cartão de visitas, gesticulando um telefonema futuro que ela deveria me dar (além de outras "cositas más" que eu passei a desejar).

Quando retornei do bar, percebi a gravidade da situação ao me aproximar da mesa onde se encontrava a minha namorada. Eu vinha caminhando com cuidado para não derrubar o suco de abacaxi, quando olhei para o bêbado e o vi apontando firmemente a arma na direção dela, gritando que iria matá-la porque ela o deixara. E o pior é que eu era o namorado, a quem ele jurou matar também. Não havia muito tempo para pensar e eu gritei tão alto que ele parou, as pessoas se viraram para ver o que estava acontecendo, mas eu gritei apenas para impedir que ele desse o primeiro tiro. A situação piorou porque ele apontou a arma para mim urrando "Eu vou te matar!". Comecei a falar pausadamente para acalmar o sujeito, mas continuei me mexendo, tremendo, e temendo ser a vítima fatal do crime passional, preparando-me para receber um tiro. Por sorte, no instante exato, escorreguei no chão molhado por um cara que saiu da piscina, uma fração de segundo antes dele atirar, o milionésimo de tempo suficiente para que todos ouvissem o estampido da bala. Talvez sua pontaria estivesse muito ruim, já que ele estava mais de fogo que a arma que portava. Assim, o tiro passou muito longe de mim, chegando a acertar uma das partes mais altas da mansão, quebrando o vidro da janela de um dos muitos quartos, cortando as penas da cabeça de uma cacatua empoleirada na gaiola.

Mesmo assim, apesar de nem tão perto passar a bala, as pessoas tiveram a impressão de que eu fora atingido. Ainda mais que, ao cair no chão, joguei para o alto o copo de suco de abacaxi, derrubei uma mesa e um tubo de molho de tomate esparramou-se sobre mim, causando a impressão de que eu estava ensanguentado. Ao estampido do tiro, todos ficaram estáticos e sem ação ou reação, a banda parou, o malabarista derrubou os malabares, o mágico se perdeu no truque e os casais pararam de se beijar (menos dois caras que não estavam nem aí, agarrando-se atrás da cortina). Um garçom também caiu na piscina, todos pararam de dançar, uma das moças suspeitas roubou os dólares da carteira de um dos convidados e o agressor, num raro momento de lucidez, compreendeu que havia atirado e que, talvez, matara alguém. E teve um monte de gente sem noção que foi me filmar pensando que eu estava morto.

Aquele tempo mínimo em que o artista ficou paralisado, tentando entender o que fizera, foi o sufi-

ciente para que eu fosse mais rápido e mostrasse toda a minha vivacidade. Levantei-me e me joguei com fúria em cima do bêbado que, sem reação, atingido por um pontapé no peito, caiu levando mesas e cadeiras. Ouvi assovios e aplausos, mas eu não queria publicidade, apesar de tanta gente me filmando. Tomei a arma do cara e comecei a gritar para as pessoas em volta, pedindo-lhes para não se aproximarem, tudo estava bem e, falando muito e muito alto, com a arma apontando sempre para baixo, saí à procura da dona da casa, a mulher do tal artista anfitrião.

Perscrutei toda a mansão daquele artista novo rico, casado com uma filha de quatrocentões paulistas. Subi a escadaria, olhei as imitações de estátuas gregas, procurando a proprietária pelas dezenas de quartos até a encontrar seminua transando com um garçom de grande bilau na banheira do banheiro do seu quarto de sessenta metros quadrados. E ainda falando alto como uma forma de espantar o medo, ou por insegurança ou por imposição, não sei bem, quis entregar-lhe a arma, que ela se recusava a receber, apesar de reconhecer o perigo ocorrido em sua casa. Falei, então, que chamaria a polícia para que eu pudesse entregar aquela arma, mas ela me implorou para não o fazer porque não queria escândalo. E tudo isso sem parar a atividade sexual, na qual, em meio às palavras, gemidos saíam gozosos e deleitosos.

Procurei o dono da casa que também não recebeu a arma. Ao contrário, começou a me passar uma descompostura, agredindo-me verbalmente com palavrões utilizados da China ao Mississipi, obrigando-me a mostrar-lhe a arma, fazendo-o sentir o frio do metal quando a encostei próximo da sua orelha. O dono virou um doce, um mel, uma moça, passou a tratar-me muito bem dizendo, com a maior educação do mundo, que eu podia ficar à vontade. Nem me preocupei em lhe dizer o que a sua mulher fazia com o garçom porque, pela sua cara, ele já sabia e aguardava a sua vez de ser servido também, talvez estivesse já a caminho quando o interpelei, pois vestia um hobby de motivos chineses. Lembrei que ele era o mesmo que circulava entre tantos políticos, famosos e outros que se diziam celebridades. Depois, quando um deles caía em desgraça, ele ia apagando as fotos ao lado do infeliz em todas as redes digitais. Guardei a arma comigo e fiquei pensando no que fazer, uma vez que eu não gostava de matar ninguém à queima-roupa, preferia outras formas mais finas de assassinato como corrupção, agiotagem, subornos, desvios de verbas públicas e afins. Voltei para a beira da piscina e, ao encontrar a minha namorada, pedi-lhe explicações que não haviam porque ela não me contara a verdade sobre o namoro que tivera com aquele artista.

Diante de sua mudez e posterior tergiversação e vendo que ela era incapaz de dizer algo coerente, pois estava muito embriagada, eu, muito desconfiado do seu interesse naquele amigo, ainda mais depois que vi a calcinha dela no chão embaixo da mesa, fui obrigado a terminar aquele namoro que já me cansava de tanta futilidade. Vendo que não encontraria naquele ambiente os contatos importantes que eu queria, acabei por me retirar daquela festa maluca, onde as pessoas se drogavam para sentirem-se melhor e eram capazes de se matar por motivos fúteis. Além disso, drogas e sexo não levariam ao lugar desejado por mim. Todos queriam aparecer mais do que os outros e, no fundo, ninguém se entendia, procuravam apenas ser o próximo astro de quinze minutos de fama.

Antes de me retirar da festa, ao ver aquele artista caído no chão de tão bêbado, puxei a bermuda dele para baixo, expondo a sua bunda branca para a ovação dos convivas e seus celulares e gritei para todos ouvirem: "Cu de bêbado não tem dono!". Uns dias depois, soube que o artista descobriu essa verdade proverbial de maneira dolorosa, jurando matar-me por mais essa desfeita pois, além de terminar a noite com o ânus dolorido, ainda caiu nas redes digitais a sua desventura amorosa e a falta de sol em suas nádegas.

Mas eu ainda precisava vencer a multidão de fotógrafos bestas atrás de um furo da alta sociedade, dificultando a saída de qualquer pessoa da festa. O único item razoável que encontrei para me disfarçar foi uma fantasia carnavalesca de Batman, do antigo seriado, com máscara, cinto de utilidades e roupa roxa, que usei para passar por eles e não ter meu rosto fotografado. Naquele momento, não me interessava aparecer no jornal e na internete como frequentador deste tipo de festa.

Claro que aquele monte de paparazzi desconfiou que eu era alguém importante apesar de eu não ser porcaria nenhuma. Então foram para cima de mim, tentaram puxar minha máscara e fui obrigado a socar o primeiro que fez isso. Veio outro e dei um tapa em sua câmera e, enquanto eu procurava no cinto de utilidades aquela bomba de fumaça, o terceiro veio. Nesse instante, a garçonete de vestido justo gritou e os fotógrafos se viraram para o lado em que havia uma semifamosa de verdade, destas que sempre aparecem em tudo quanto é revista de caras, bocas, bundas e sites da internete. Querendo ser manchete, rodou a saia sem calcinha por baixo e, para todos aqueles fotógrafos, isso foi muito mais interessante que um besta fantasiado de Batman. As formas generosas da ex-BBB de algum ano passado eram mais voluptuosas, sensuais e maravilhosas do que as minhas costelas aparentes, barriga saliente, nariz indiscreto e orelhas de abano.

Aquela garçonete, a quem dei meu cartão, puxou minha mão e me conduziu pelos caminhos da mansão, vedados aos convidados, até a saída menos utilizada e, com essa sorte, consegui escapar mais ou menos ileso dos fotógrafos.

Mesmo assim, no dia seguinte, saiu em todas as mídias que o artista havia atirado em alguém. Dentre as fotos nos sites e revistas de fofocas, apareceram duas. Uma em que eu estava caído cheio de molho de tomate, na qual não se via meu rosto e a outra, uma pequena foto de dois centímetros quadrados com um cara de fantasia de Batman que se retirava da festa. Felizmente, ninguém sabia meu nome e isso não prejudicaria meus planos futuros. Pesquisei pelas redes digitais e vi que os vídeos em que eu aparecia não estavam tão bons e ninguém conseguiria identificar direito o meu rosto. Além do mais, as desventuras do artista bundão branco, como ficou conhecido na internete, foram mais hilárias do que as minhas, alcançando milhares de visualizações.

Eu e a garçonete passamos a noite no motel e, apesar de ela ter me deixado uma boa impressão, também me deixou mais liso que quiabo pois se recusou a rachar a conta e ainda levou um dinheiro emprestado ou teria sido o seu pagamento? No dia seguinte, um domingo, de madrugada, desiludido pelos fatos da festa, saí sem rumo dirigindo o meu velho fusca por algumas horas para relaxar a mente através de uma estrada sinuosa que dava no litoral. Amanhecia, quando passei pela curva à direita, desci por uma reta onde um outro automóvel andava muito devagar e o ultrapassei em alta velocidade. Para o meu azar, o guarda estava ali fiscalizando os carros da estrada e me parou com o intuito de multar-me, antes que ele tirasse o talão, reconheceu-me e começou a conversar. Era o Sérgio, que há muito eu não via, e, agora, virara policial rodoviário. Contei a ele que eu tinha visto o seu irmão há um mês, por ocasião de uma viagem à Europa, mas não lhe disse que eu o havia visto numa esquina de Roma, próxima ao Coliseu, marcando ponto de travesti. Sérgio ficou muito contente, acreditando no trabalho de lavador de pratos em um restaurante de comida internacional, aceitando como verdadeiras as notícias que o irmão lhe mandava. Após alguma conversa, deixou a multa para trás e apenas me recomendou que não corresse mais porque o próximo guarda não tinha amigos e até multara o próprio pai. Segui o recomendado, o que não foi tão complicado porque logo depois já era o local em que eu saía da rodovia e pegava uma estrada de terra que terminava numa balsa, onde um menino faminto e todo sujo de poeira aguardava chegar em suas mãos encardidas alguns trocados na forma de moedas despejadas pelos turistas.

Eu não queria dar-lhe moeda alguma, evitando maior contato visual, mas ao vê-lo, lembrei-me que eu morava à beira de um rio, numa tapera de pau-a-pique infestada de barbeiros que andavam como baratas pelas paredes. Eu e meus irmãos pescávamos tucunarés e jaús suficientes para alimentar toda a família.

Agora, eu via a cor da água e pensava que, daqui há pouco, a balsa ia ter rodas para passar por cima da massa que estava se formando com os milhões de indústrias poluindo os rios brasileiros, forçando os peixes a se mudarem para a Bolívia em cardumes cada vez maiores. Os meninos não sabem mais onde ficam os rios, quanto mais pescar e, se tomarem banho em algum, sairão cheios de doenças de pele.

Aquele menino olhava com olhos enormes para a minha mão, olhos que cresciam como explosão atômica, e percebi que ele queria o sanduíche frio, de frango e alface com uma rodela de tomate, que eu trouxera. Eu tentava morder e via o rosto do menino e não conseguia, tentava de novo, via o menino e sua cara de fome e desistia. Depois de trinta e seis tentativas de morder o sanduíche, estendi o braço, oferecendo-lhe um pedaço. O menino, com sua boca gigante e dentes apodrecidos, o comeu mais rápido que o pensamento. Tive de puxar minha mão com a velocidade da luz para não ter meus dedos levados com o sanduíche, deixando-me com a fome de um lobo-guará. Tudo bem, porque logo a balsa chegou e nós embarcamos com destino ao outro lado, próximo de uma pequena cidade.

Como o menino ficou em terra esperando outros turistas, trocados e mais alguma comida, retirei do porta-luvas um belo pedaço de chocolate meio amargo, devorando-o com prazer. Repentinamente, sem que eu me desse conta, uma tempestade de verão caiu e assustou a todos, os ventos fortes causaram enormes ondas na represa e a balsa ameaçava virar quando dois helicópteros do exército a sobrevoavam. O menino, que não estava mais faminto, ficou admirado e assustado com o barulho daquelas máquinas que sumiram no meio da chuva. Reapareceram mais tarde, quando o presidente pateta comemorava o início de atividades de uma usina nuclear para gerar eletricidade, escondida na pequena cidade que nada tinha a não ser um grande silo para armazenar feijão e aquela enorme usina que não funcionava direito. Acendia e apagava tanto que recebera o apelido de vaga-lume sendo a décima terceira vez que um presidente vinha inaugurar a tal usina.

Durante o trajeto da balsa percebi que havia um estranho peixe no rio. Semelhante àquela massa disforme da casa da festa, nadava sem rumo, sem eira nem beira, sem lenço e sem documento pelo rio poluído. Um peixe ainda vivo subiu do fundo e o engoliu numa só bocada, alguns minutos depois o peixe apareceu morto na superfície e de suas entranhas saiu a massa disforme que estava muito maior, como se tivesse devorado o bicho por dentro. Naquele momento eu não podia fazer nada, mas eu ainda estava com a arma obtida no dia anterior e procurei mirar, pois algo me dizia ser muito importante matar aquele ser no rio. No momento em que fui atirar, a balsa sofreu um tranco ao encostar no porto, chacoalhando-me e tirando o meu foco. Quando olhei novamente, o estranho ser havia sumido.

A balsa atracou no porto velho e acabado em que pessoas famintas me pediam uma esmola e eu lhes dizia que nada tinha a não ser aquele sanduíche frio de frango que já havia dado para aquele menino. Estacionei meu velho fusca Herbie 66 na Praça Central e saí do carro procurando o escritório de um Santo que me ajudaria num projeto planejado há alguns meses. Um grupo de rapazes jogava capoeira na praça de terra, levantando poeira e cantando "Paraná ê, Paraná ê, Paraná á!", pareciam muito fortes e um deles me reconheceu também, mas, ao contrário do guarda, aquele era meu inimigo de tempos antigos, em que estive por ali e roubei sua namorada num baile, botando-lhe um par de chifres na frente de todo mundo ao trepar com a menina atrás da igreja e sumir da cidade. Ele partiu para cima de mim com intenção de me matar.

Não sendo de violência, evitando pegar a arma que eu tinha no fusca - se a pegasse, eu o mataria - corri para longe levantando poeira das ruas de terra. Enfim, com o capoeirista na minha cola e, perto de me pegar, pulei um muro para dentro de uma casa enorme, cujo dono, depois fiquei sabendo, era um deputado federal Santo.

O brigão não me acompanhou e andei por um jardim de flores e árvores muito frondosas até avistar, de longe, uma piscina em que duas moças nuas muito bonitas tomavam banho de sol fazendo caras e bocas para seus telefones em selfies interessantes para seus seguidores. Fiquei espiando-as, superexcitado, quase me transformando no Onan, quando elas começaram a se beijar e entraram na água mas, não sei como, aconteceu de começarem a se afogar e eu corri para salvá-las conseguindo tirar primeiro a loira e depois a ruiva, fiz-lhes respiração boca a boca enquanto aproveitei para passar a mão em todos os lugares possíveis de seus belos corpos juvenis. Elas se recuperaram do possível afogamento e, como não havia mais ninguém naquela casa naquele dia, começaram a me beijar e quando me lembrei que não tinha nenhuma camisinha no bolso, a ruiva retirou uma da bolsa. Fiquei com elas num verdadeiro triângulo amoroso e sexual durante duas horas.

Deixei as duas em êxtase (pelo menos fiquei pensando que as deixei assim pois eu estava em êxtase) e aproveitei para entrar na casa e pegar algo para comer na cozinha. Um enorme cachorro apareceu e rosnou para mim. Eu estava pelado e tive medo achando que ele queria linguiça, a minha linguiça. Então, andei lentamente em direção à primeira porta que havia, falando com ele em voz de veludo macio, tomando o devido cuidado para proteger minha linguiça que ainda se encontrava levantada e dura. Cheguei à lavanderia da casa onde muitas roupas secavam no varal, peguei uma cueca, uma bermuda e uma camiseta, consegui entrar no banheiro apertado, fechei a porta com cuidado e me vesti enquanto o cachorro me esperava do lado de fora. Saí, esgueirando-me lentamente junto às paredes, olhando o cachorro com o canto dos olhos para ele não pensar que eu o encarava. Com o bicho a me cheirar insistentemente, confuso porque as roupas tinham o cheiro da casa, voltei à cozinha, peguei uma linguiça na geladeira e a joguei para o animal que a comeu com gosto.

Da torneira da pia saiu outra massa disforme parecendo um gastrópode e o cão se distraiu ao ver aquele estranho ser que me rondava, começou a brincar com ele como se fosse um rato, aproveitei o momento e saí dali. Passei perto da piscina onde as duas continuavam nuas tomando banho de sol. Elas me chamaram para que eu lhes passasse protetor solar e depois continuasse o triângulo amoroso e sexual, mas eu lhes disse que não tinha tempo e estava atrasado porque estava num dia complicado com meus negócios para resolver. Voltei apenas para pegar as minhas roupas e elas queriam me agarrar, diziam que queriam o meu negócio para brincar, elas estavam chapadas de tanta bebida, pó e baseado, que nem sabiam direito o que estavam fazendo. Ainda assim, anotei o número dos celulares delas pois, estando na mansão do deputado, podiam me servir para algo além do que orgias.

Consegui me desvencilhar delas e vestir as minhas roupas de verdade. Saí tranquilamente pelo portão da frente até que um segurança apareceu e me interpelou, queria saber se eu conhecia o dono daquela casa e lhe disse que não. Foi aí que ele me contou que era do deputado Santo e eu respondi ter conhecido apenas as meninas puras do deputado, para não dizer um trocadilho infame para aquele mastodonte. Ele me explicou que elas eram as sobrinhas dele, acreditei estar numa situação complicada, mas o segurança informou que a cidade inteira já tinha passado pelas duas e todo mundo tinha culpa no cartório. Assim, mais tranquilo e menos perdido, cheguei ao meu carro e consegui seguir viagem sem que o capoeirista brigão me visse.

A minha intenção era encontrar-me com o Coronel Santo da Aeronáutica, que tinha prometido um excelente negócio para mim: uma concorrência de venda de frangos congelados. A minha fome ainda era muito grande porque aquele cachorro não me deixou assaltar a geladeira e, depois de tanta estrada de terra, meu estômago parecia ter um tijolo dentro. Cheguei a outra pequena cidade, estacionei na praça central e procurei um lugar para comer algo de tira-gosto, uma vez que eu já tinha comido as duas sobrinhas do deputado. Poderiam ser até as coxinhas de frango da fábrica "Jesus me chama" desde que matassem mais a fome do que a mim. E se fosse para encontrar uma barata na coxinha, que fosse inteira e não pela metade.

Havia um restaurante de comida por quilo na rua principal. Entrei e arrumei um lugar longe da onipresença do big brother, da rede Plim-plim, em todos os restaurantes, lanchonetes, consultórios e rodoviárias do Brasil, com sua indústria de produzir futilidades e cérebros gelatinosos. No entanto, a maioria dos comensais estava vidrada mesmo nas telas de seus próprios aparelhos celulares, transformando seus cérebros em gelatina com suas próprias escolhas. E, antes de fazer um prato enorme, enquanto, na televisão, passavam os momentos mais decisivos da mais importante última partida de futebol antes da próxima partida, sendo que nada importante aconteceu, mas parecia que o mundo acabava depois dela, decidi ir ao banheiro. Ao sair, sem esquecer de lavar as mãos, vi que o Cido entrou no restaurante e serviu-se de muita comida, quase um quilo, ainda pediu uma cerveja e doce para sobremesa. Enquanto comia, começou a ouvir uma algazarra vinda de uma mesa próxima, percebendo que eram três estrangeiros conversando numa língua estranha que ele não compreendia. Já ao seu lado, as moças de um escritório falavam em mau português detalhes esquisitos, uma estava dizendo que pôs o aparelho na boca e teve que engolir alguma coisa, era uma conversa maluca que ele não entendia, tanto quanto a dos estrangeiros.

Mas o Paôlo, - isso mesmo, Paôlo com acento circunflexo no "o", e o Cido falava que Paôlo não era nome de homem, mas de veado, e ele respondia que Cido era nome de boi corno manso - acabou esbarrando num dos estrangeiros e derrubou o suco de laranja que carregava em imperfeito equilíbrio, sendo que aquele gringo berrou naquela língua que ninguém entendia, dezenas de olhos e mãos com câmeras se voltaram para aquele lado do restaurante onde o Paôlo pedia desculpas em português, inglês e espanhol, o que nada adiantava, pois o suco havia caído na coroa careca da cabeça do estrangeiro mais loiro e mais alto e mais magro que os outros, que se levantou e foi saindo sem pagar, pegou um táxi e sumiu pela rua bradando alguma coisa para os compatriotas, que também se levantaram e também iam saindo sem pagar quando um policial os parou e os quis levar presos, porque o dono do restaurante queria receber pela comida. O guarda, que se achava o dono da cidade, mandou que eles pagassem ou iam parar na delegacia.

Foi nesta hora que o outro estrangeiro retornou com mais três homens, todos armados até os fios de cabelo da orelha do careca, e conduziram os patrícios para fora, enquanto o policial nada pôde fazer. Todos os fregueses do restaurante ficaram estatelados diante de tantas armas e se transformaram em estátuas cegas, surdas e mudas feitas de sal e cola durante cinco minutos em que nada viram, nada ouviram e nada sabiam dos fatos ocorridos. Ainda mais que o policial anunciou a todos que aqueles homens eram terroristas internacionais muito perigosos, contrabandistas e traficantes de drogas e armas vindos da Sérvia, procurados pela Interpol e amigos dos milicianos dos políticos.

Os traficantes começaram a recolher os celulares para evitar que os seus rostos aparecessem na internete e, lá do fundo, como eu não sabia ficar calado, gritei para eles:

- Vão embora para suas casas porque aqui não é o país de vocês. Se vocês não se forem, eu mesmo lhes darei uma surra! Bando de Veados! – Pelos menos, ninguém poderia dizer que eu não era corajoso. Ou talvez fosse maluco, ou talvez tivesse bebido cerveja demais e estava fazendo bobagem.

Nesse momento, um deles gritou sem qualquer sotaque estrangeiro:

- O que você disse? Veado é o seu pai! Vai tomar no cu, seu filho da puta!

Todos os fregueses a partir daquele momento voltaram a ser de carne e osso e falaram:

- Ah, então ele fala português!

Pulei em cima do balcão e me armei com um espeto da churrasqueira, preparando-me para um possível combate com aquele bandido, que sacou da sacola uma submetralhadora. Isso me assustou e eu me joguei no chão atrás do balcão, afinal de arma queria distância. Pensando que eu estaria melhor naquele momento se tivesse ficado na piscina com as sobrinhas do deputado, e que enfrentar submetralhadoras não era muito saudável, pois poderia reduzir meu tempo de permanência no mundo, joguei-me para baixo do balcão. Felizmente, encontrei uma saída lateral à esquerda por onde os gatos passavam pela porta e sumi dali antes que o bandido chegasse perto ou começasse a atirar.

Não satisfeito, lá fora, do alto do telhado, enquanto os bandidos me procuravam dentro do restaurante, peguei um enorme tijolo e joguei no vidro do carro dos terroristas, que se estilhaçou todo, assustando o motorista que aguardava os outros, fazendo-o dar um tiro para cima que pegou no teto do veículo e o deixou marcado com um buraco. Os terroristas correram para a rua, loucos para me pegar, alguns procuraram ver de onde saíra a pedra, mas eu estava escondido esgueirando-me para sair do lado da pastelaria, em que um chinês, com os restos de pastéis, criava cachorros, para depois transformá-los em matéria-prima dos seus produtos junto com ratinhos bem gordinhos que seriam apreciados à parte.

Escapei da possível confusão pulando de telhado em telhado, usando o meu treinamento de parkour até sair na rua do cemitério onde encontrei de novo aquele artista que quis matar a minha namorada na festa e não conseguiu. O que ele estava fazendo nesta cidade tão pequena com uma bíblia na mão proclamando hinos sagrados e pregando o evangelho neopentecostal? Teria ele se convertido ao sentir o tamanho do rombo que lhe fizeram? Ao me ver, ele deu um tapa no pé da minha orelha e eu o xinguei, ele sacou outra arma e ameaçou atirar sendo contido pelo seu colega pastor e por uma rajada de tiros que vinha de perto dali, eram os terroristas me procurando e atirando em todas as lojas da rua principal, obrigando os comerciantes a fecharem o comércio. Todos corremos, cada um para um lado, e escapei pela segunda vez do ex-namorado da minha ex-namorada. Eu ainda precisava fugir dos terroristas e consegui chegar ao shopping bem na hora em que o Papai Noel descia de helicóptero, enquanto em terra, as boas meninas Noel davam pirulitos para as criancinhas. Entrei na fila com o celular ligado e filmando suas microssaias. Elas me deram uma balinha de hortelã, perguntei-lhes se queriam o meu pirulito e pedi o telefone delas, o que me foi respondido com um sorriso amarelo e um apelo raivoso para tomar café no bar do meu cunhado.

Lembrei-me que há dez anos eu não via minha irmã, desde que saí com o fusca para comprar cerveja e nunca mais retornei e, até quando eu sabia, meu cunhado não tinha bar.

Ali no meio da multidão de crianças, entre mães e pais que esperavam o Papai Noel descer do helicóptero, não tinha como alguém encontrar alguém, mas eu precisava continuar com o meu projeto megalomaníaco de ser o dono do Brasil inteiro.

Ainda me lembrando das sobrinhas do deputado, desejando as meninas Noel e perseguido por terroristas, quase perdi a entrega da minha proposta na concorrência de frango, da qual eu participaria com a minha empresa naquela cidade. Cheguei faltando apenas uma hora para a entrega dos envelopes e o Coronel Santo da Aeronáutica pediu-me para mostrar o documento e eu lhe disse que, em público, não poderia fazer aquilo e se quisesse favores sexuais para me dar a concorrência, eu iria procurar outro lugar onde pudesse vender meus frangos. Irado, quase me expulsou da sala, mas eu não iria desistir tão fácil e ele me disse que, se eu quisesse ganhar alguma concorrência por ali, que acrescentasse mais duzentos e cinquenta mil no preço. Eu não entendi o porquê e ele me chamou de ignorante informando que os duzentos e cinquenta mil eram para ele mesmo, se não, nem participar eu poderia, e ainda me mandou trazer outra proposta pronta em cinquenta minutos, já que só receberia os documentos até quatro horas da tarde.

Corri até o meu fusca-escritório, mas no caminho havia uma obra da prefeitura que me impedia de passar. Tentei ir pela rua lateral à direita, porém, os motoristas de ônibus começaram a fazer uma paralisação e o trânsito travou por ali, tentei por outra rua e um enorme caminhão manobrava para entrar numa pequena garagem. O desespero tomou conta de mim quando me lembrei do meu computador de última geração que passava o que eu quisesse via internete pelo telefone celular e não tive dúvidas em redigir o meu texto, mas uma nova chuva inesperada de verão começou, alagando a rua e eu tive que sair correndo de dentro do carro que era arrastado para dentro de um túnel junto a outros veículos. Consegui uma carona num barqueiro providencial que passou por ali e enviei o texto para o assistente do meu escritório que o imprimiu e o mandou via fax, e-mail, nuvem, compartilhamento, mensagem de texto e até um pombo correio, para o coronel corrupto, dando-lhe os duzentos e cinquenta mil pedidos.

Obviamente, ganhei a concorrência pública, pois só a minha proposta era a boa. No mês seguinte, mandei os caminhões de frango - que estavam parados em Foz do Iguaçu, vítimas de uma greve dos fiscais federais da fronteira - ao coronel corrupto que pôde nadar no meio de um monte de frango ensacado, congelado, misturado com os duzentos e cinquenta mil dólares que dei a ele tão logo recebi a primeira parcela do pagamento que o governo federal me fez.

A primeira concorrência fraudada a gente nunca esquece e assim começou a minha carreira mais corrupta que a soma de todos os anteriores antes de mim. A partir daí, ganhei muitas outras concorrências. A parceria com o Coronel Santo da Aeronáutica funcionava perfeitamente. Cada uma mais bela que a outra. Ele era muito amigo do presidente pateta e dos senadores velhacos eternizados na Câmara. Ele estava há muito tempo participando dessas concorrências e, por sorte, precisava de um laranja para continuar porque seu nome não podia aparecer. O cara anterior fora preso e, como eu estava no escritório no dia certo e na hora certa, quando ele entrou e pediu todos os computadores, papéis e tudo o mais do outro cara. Ajudei a carregar até o buraco mais distante e queimar tudo. Conversando, ele viu que podia usar o meu CPF, RG e título de eleitor para abrir empresas e fraudar concorrências. Porém, não fiquei de bobeira e propus logo uma parceria. Eu também tinha alguns contatos por fora (conheci por meio daquele chefe que foi preso) e aqueles frangos eram de outro cara, desesperado para levantar dinheiro que perdeu no jogo ilegal.

Com a ajuda do Coronel Santo, vendi até moto-neves importadas para uso na Serra Catarinense e Gaúcha a uns prefeitos que precisavam de um pretexto para combater a Dengue e a Zica no alto das ditas serras no inverno, quando os mosquitos não se reproduzem. O grande aprendizado ocorreu de concorrência em concorrência, venda com licitação e sem licitação, mas sempre com corrupção e, assim, comecei a juntar dólares no colchão de empresas do tipo joint-ventures com sede no Panamá, outros mares, overseas, offshores, nos mesmos países em que outros milionários corruptos brasileiros acumulam a sua grana. Eu sabia que passaria a ter um grande problema com os invejosos Santos e não Santos da oposição ou da situação, cansados de não levar nem um centavo da propina livre, leve e solta do senado, da câmara, do judiciário, do executivo e das forças armadas, das forças desarmadas e das forças desalmadas deste enorme país. Precisava pensar estratégias pois, com certeza, iniciariam, na surdina, uma represália em meio a qual eu poderia ser sacaneado e traído por aqueles que eu sacaneava e traía.

Eu sabia que não ficaria rico nesse país se fosse honesto e pagador dos impostos. Não se fica milionário seguindo a lei, essa foi a primeira lição que aprendi com o meu ex-chefe.

Depois de tanto aprender, estava pronto para continuar sozinho. O Coronel tinha seus negócios e eu queria os meus. A partir daí, fiz como sempre fizeram os ricos brasileiros, aprendi a apossar-me do Estado, verdadeira mina de ouro, para onde todos os impostos iam. Comecei comendo pelas beiradas, em concorrências menos interessantes e achei que tudo corria bem. Mas, isto não ficaria assim por muito tempo. Enfim, consegui entrar em concorrências mais importantes, sem precisar da ajuda do Coronel Santo da Aeronáutica. A partir do momento que consegui as concorrências mais lucrativas, surgiram os problemas e os boatos. Até que, às onze horas da noite de uma segunda-feira qualquer, o policial militar que vigiava a fábrica em frente da minha casa - mas que recebia por fora para vigiar a minha fábrica também e que, além disso, não se importava de matar pobres, pretos e putas pois, para ele, quem pagava para isso era cidadão de bem -, apareceu e me falou que a CPI da Aeronáutica seria implantada e que eu estaria na lista deles. Tinha informações fidedignas obtidas com uma garota de programa de um policial federal (ela fazia programas com ambos os policiais, separadamente ou em conjunto, e, às vezes, estes faziam entre si), de que os federais estavam no meu encalço e, portanto, eu deveria sair de casa ainda naquela noite porque os agentes viriam buscar-me às cinco horas da manhã. Mas, aquele guarda já tinha falado isso faz tempo e eu fui obrigado a pagar uma propina a um policial federal. E o guarda martelava a minha cabeça que eu nem podia dormir direito durante a madrugada. Acabei ligando para o deputado que tinha aquelas sobrinhas, ele me disse que não podia falar comigo porque estava vendo as sobrinhas dele peladas na piscina e se masturbava naquele momento. Logo vi que ele não poderia arrumar uma audiência com o pateta presidente da república, até porque esse nem sabia nem o que fazia naquela cadeira

Incomodado com aquela visão de sonho de um guarda machão, mas nem tanto, e muito preocupado, saí de casa só de pijama às três da manhã. Liguei para a minha ex-namorada e lhe falei que eu precisava conversar com alguém mais importante, pois, nestas horas, só quem conhece alguém mais importante consegue escapar. Ela bateu o telefone na minha cara, não queria conversa, mas antes gritou me dizendo para procurar o Santo que ele resolvia. Entendi a mensagem porque os Santos estavam mandando em tudo, governavam o Brasil e queriam ainda se meter em literatura, música, artes plásticas e futebol. Com tanto Santo no mundo, a solução era rebatizar a todos com o nome de Juquinha.

Tinha Santo presidente e deputado federal, deputado estadual e senador, faltava só um Santo governador, mas estava perto porque havia a eleição e me chamaram para compor a mesa da seção eleitoral. Perguntei do salário e o Santo do cartório eleitoral me disse que era tudo de graça, eu trabalharia para perpetuar a democracia no país. Aproveitei para lhe perguntar se é democrática esta convocação obrigatória, e se é democrática uma eleição na qual o voto é obrigatório, e se é democrático um governo feito só de Santos e de amigos dos Santos, excluindo todos os Zés Manés do país, e se é democrático um país que não oferece conhecimento para toda a população, e se é democrático um país racista e classista, e se é democrático um país cuja polícia defende somente os mais ricos.

Ofendido, o Santo do cartório eleitoral mandou prender-me e um policial grande agarrou-me e me levou para a cadeia. Aleguei que tinha curso superior e mostrei meu diploma. Analfabeto de pai e mãe e de escola pública, o escrivão da polícia anotou que, por causa do meu "diproma", ia para uma cela especial. Jogaram-me numa com televisão e cafezinho, onde estava preso um cara que falava ao celular o tempo todo sem parar. Fiquei ouvindo a sua conversa cheia de números, de Santos, de carregamentos da Bolívia e da Colômbia, de aviões, de caminhões e de deputados federais. Quando ele desligou, virou-se para mim e perguntou se eu conhecia alguém na Itália, disse-lhe que só conhecia o papa porque ele tinha visitado o Brasil e eu o vi de longe quando fiquei na arquibancada do Maracanã.

De repente, outro guarda chegou acompanhado de uma tremenda louraça de 1 metro e 80 de altura, daquelas de parar o trânsito de São Francisco nos Estados Unidos, onde se presume que haja homens de sexualidade duvidosa e afeminada. A loura tirou toda a roupa e começou a se esfregar no tal preso, pensei que aquela cela era mesmo especial porque se podia receber esse tratamento vip. Aproveitei para ficar olhando a sacanagem toda acontecendo na minha frente, porém o guarda veio estragar o meu prazer e me mandou para outra cela, dizendo "nada de celulares por aqui, porque aquela cela era para alguém muito especial, pois aquela era..." completei a frase do guarda dizendo "para os Santos", óbvio, até no ramo de tráfico e de prisões os Santos estão mandando e, aquele, era o Santo do tráfico.

Depois eu descobri que a rede de comando dos Santos era tão extensa que votaram uma lei proibindo o registro do nome "Santo" para os homens nascidos. Ninguém mais se chamaria Santo, apenas os filhos dos Santos especiais, entendi a democracia brasileira naquele instante, mas há muito já tinha desistido dela, querendo apenas os benefícios. Entendi que somente o meu projeto megalomaníaco de ser dono de tudo tinha futuro.

Conversando com um Santo que estava na outra cela para onde fui mandado, um historiador e sociólogo decadente que já havia sido deputado e agora estava preso porque seus inimigos - também Santos - resolveram denunciá-lo por uma pequena propina de dez milhões de reais, descobri que a linhagem dos Santos veio de tempos imemoriais, em que o Brasil era apenas uma ideia, antes de ser uma colônia portuguesa, antes de Cabral sair de Portugal, e se pensava que havia terras a oeste. Logo que chegaram, os Santos foram se apropriando destas terras tão vastas, fazendo o que sempre fizeram de melhor: saquear, roubar e entregar para o estrangeiro tudo de tesouro e ouro que havia aqui. Começaram lá atrás com o Pau-Brasil e nunca mais pararam, chegando até os tempos atuais com o petróleo do Pré-sal. Passaram nas mãos destes Santos, o ouro, a borracha, os escravos, a cana de açúcar, o café, as pedras preciosas e o atual queridinho deles, o nióbio. Nesse meio tempo, descobriram o Estado Brasileiro, a melhor de todas as fontes de riqueza e poder. Sempre que o Estado construía uma empresa lucrativa, logo privatizava para dar aos Santos amigos todo o lucro.

Depois de ouvir a abreviada história dos Santos no Brasil, aproveitei para ficar amigo deste Santo porque isso poderia ser importante no futuro. Entretanto, por enquanto, sem ter a quem recorrer para sair da prisão, vi-me obrigado a ligar para o meu pai e lhe pedir ajuda. Justo eu que não o via há mais de trinta anos porque eu simplesmente saí de casa. Claro que me lembrei daquele episódio, quando eu era muito criança e roubei um balde de goiabas do sítio do vizinho. Este me viu e correu atrás de mim. Fugi pelo meio do pasto, mas a visão de um touro bravo me fez retroceder. De um lado era o vizinho correndo em minha direção, de outro, o touro pronto para atacar. Decidi sair tangencialmente ao bicho que, ao ver-me, disparou em minha direção. Com aqueles dois animais me perseguindo, vi a cerca de arame farpado e a pulei de uma vez, meu azar foi a camisa enroscar em uma farpa e rasgar, indo ao chão com goiabas, balde na cabeça, camisa rasgada e o pé no poço de lama enquanto a mão afundava numa merda de vaca recém evacuada e quentinha. O vizinho pulou a cerca sem que o touro o pegasse e sem prender-se nas farpas. Pegou-me pela gola da camisa e me lascou a mão até cansar. Ao chegar em casa, fedido de merda de vaca, esfolado de apanhar do vizinho e com a camisa rasgada, meu pai soube de tudo, chamando-me de incompetente, incapaz de roubar sequer umas goiabas, jurando que sonhou com a goiabada que a mãe faria. Bateu-me com vara de marmelo deixando vergões enormes nas minhas pernas e no meu tronco. Eu apanhei até quase desmaiar e prometer que nunca mais roubaria daquele jeito. Da próxima vez que fosse roubar, eu jurei que o faria bem feito. Roubaria sem que ninguém soubesse que fui eu. Aspecto de que posso me orgulhar, pois venho fazendo isso perfeitamente nos últimos trinta anos.

Meu pai respondeu-me com milhões de monossílabos átonos e tônicos ao telefone e percebi que seria impossível conseguir ajuda para sair daquela cadeia. Apelei para o Santo que eu ajudei e conhecia, o Coronel da Aeronáutica, e ele prometeu tomar alguma providência.

Acreditei que alguma justiça talvez houvesse porque o advogado enviado conseguiu tirar-me da cadeia alguns dias depois. Foi o tempo suficiente para o sociólogo falido ensinar tudo o que ele sabia, passar-me milhares de informações úteis e me colocar em contato com outros Santos de dentro e de fora da prisão. Quando veio me tirar de lá, o carcereiro olhou para mim com cara desconfiada, não acreditando que eu realmente tivesse algum amigo Santo. O Santo que eu conheci na cadeia fez um gesto com o olhar aprovando a minha saída e, com as mãos, fez um outro de que iria falar comigo no futuro. Embora aquela ajuda do Coronel Santo tenha me custado um pouco caro, eu sabia que poderia recuperar esse prejuízo.

Aquele coronel corrupto não tinha mais o que fazer com tanto frango que eu lhe mandava regularmente, enquanto eu enchia meus bolsos de dinheiro público. Mas, quando eu soube que ele ia jogar fora uma parte da carga, pois estava quase estragada, mandei buscá-la e a levei para um prédio abandonado no centro da cidade de São Paulo que fora ocupado por um grupo de duzentas famílias sem-teto. Aqueles pobres coitados não tinham energia elétrica e nem elevador, usavam luz de velas enquanto subiam pelas escadas ou pelas paredes, dependendo da situação de penúria de cada um. A água, obtinham numa torneira da rua, e precisavam leva-la em latas na cabeça, como antigamente as mulheres subiam nas favelas do Rio. Quando os sem-teto viram aquele monte de frangos, ficaram surpresos e, de cima do caminhão, anunciei que eu estava trazendo aqueles frangos de graça, pois preferia dá-los a quem precisava do que vendê-los ao coronel corrupto da aeronáutica. Fui ovacionado pelos pobres coitados e entrei no prédio sob aplausos efusivos e abraços fedidos para conhecer a situação em que se encontravam.

Subi andar por andar, conheci família por família, vi pessoa por pessoa e toda a sorte de miséria que existia naquele prédio, desde favelados que não tinham lugar até professor que não tinha onde morar, porque não conseguia pagar o aluguel e o Estado, por sua vez, continuava pagando um salário miserável. Comecei ali a minha campanha, distribuindo frangos para todos que se esbaldaram com frango assado, frango frito, churrasco de frango, sopa de frango e tudo o mais que pudesse haver.

Foi no oitavo andar que eu vi a menina que sonhava ser professora, estudando na janela apenas enquanto havia luz do sol. No nono andar, reconheci Cido e Paôlo sentados num dos apartamentos que estava mal e porcamente mobiliado e, imediatamente, perguntei-lhes o que aconteceu. Eles me contaram que também eram professores, que ganhavam muito mal e que moravam cada um na sua casa, até que, quando descobriram que se amavam, as suas famílias os expulsaram e, sem ter para onde ir, levaram algumas coisas que tinham para o prédio e ficaram por lá, já que o dinheiro de ambos não seria suficiente para que se mantivessem. Desde então, ali moravam e namoravam.

Fiquei chocado mais pela intolerância e pelo baixo salário do que pela veadice deles. Mas a vida era assim mesmo, a sociedade brasileira era assim mesmo, a direita e seu projeto de poder (que não era o meu, porque o meu projeto de poder era ter mais poder que o poder da direita). Essa mesma direita que vencia deliberadamente, mantendo a população na sua ignorância através da péssima qualidade da educação, da exploração de mão-de-obra semiescrava, da péssima saúde pública, da violência gerada pela corrupção, do conluio com a Rede Plim-plim – e com toda a grande imprensa - e do domínio da propriedade das redes digitais. Mantinham o povo ignorante na frente de uma novela, ou de um jogo de futebol arranjado ou de uma tela de celular com futilidades e joguinhos infinitos. A direita vencia a esquerda de goleada. Foi aí que vi a oportunidade e decidi candidatar-me a deputado pelo partido do deputado das sobrinhas, pedindo às garotas que me ajudassem na campanha eleitoral, pois eu estava decidido a acabar com a dinastia dos Santos, o que não seria fácil. Afinal, eu era apenas um Zé Mané qualquer. É claro que montado em milhões de dólares, facilmente podia passar por Santo. No entanto, não haveria de esquecer a minha promessa infantil de roubar tudo o que pudesse carregar. Na verdade, não seria bem acabar com a dinastia, mas dominá-la, ser um único Zé Mané dono de tudo no Brasil.

Para começar a ganhar meu eleitorado, fiz o que era preciso. Mediante generosas contribuições a pessoas certas, convenci um funcionário da empresa de água a fazer uma ligação no prédio ocupado, mandei puxar energia elétrica e coloquei um congelador usado para guardar o que sobrou da carga de frango para que as famílias ainda tivessem comida por mais um tempo. E claro, coloquei dezenas de televisores no prédio, para todo mundo assistir à novela das seis, depois das sete, das oito, das nove e, também, assistir a todos os cultos religiosos e toda a baixaria dos programas da tarde. Entendi bem que deseducar é o melhor projeto para o político de profissão. Comprei mais de mil e quinhentos aparelhos celulares e os distribuí com chip, com minha conta de zap-zap, estragão, faceboboka, tutuzite e tudo o que aparece em todas as redes digitais colocando os moradores como meus seguidores, para os quais eu poderia passar todas as mentiras mais deslavadas sobre minha honestidade, garantindo assim a propagação das minhas ideias, além de encher os celulares com joguinhos eletrônicos para manter esse povo com a cabeça ocupada em algo idiota para não ficar pensando em coisa importante. E como saco vazio não para em pé, arrumei um desvio de um carregamento de leite condensado, paçoca, batata frita e refrigerante com um pessoal do exército, conhecidos daquele Coronel.

Obviamente, minha intenção era ganhar mais e mais gente no meu projeto de poder com a finalidade de acabar com aquela dinastia dos Santos. Passei a jogar mais pesado o mesmo jogo e continuei a usar de todos os artifícios mais baixos para ganhar concorrência pública atrás de concorrência pública e acumular cada vez mais dinheiro. Vendo que eu começava a ganhar poder maior do que a média, um outro deputado resolveu que era hora de a CPI investigar aquilo tudo. Com a campanha a deputado avançando junto com a investigação, meu nome ficava cada vez mais em evidência e, como todos tinham o rabo preso, ninguém conseguia provar nada e eu acabava ficando cada vez mais com fama de bonzinho e honesto, coisa que eu não era. Claro que, sem que eu aparecesse, um juiz morreu de estranha morte na queda de um jatinho particular, um policial federal honesto foi transferido para o Acre, um promotor caiu em desgraça quando descobriram o seu fetiche por rapazes, e o juiz que me julgava era devidamente enchido por meus dólares em contas secretas nas Bahamas.

E como eu comprei muito tempo na televisão Plim-Plim - e nas outras também: a Bang do Agro--tóxico-negócio, a SBestaê, do camelô, a Ré Corda, do pastor milionário -, eu aparecia o tempo todo no jornal, explicava que era tudo intriga da oposição, levando todo mundo a acreditar nisso. A cada notícia ruim sobre mim, meus técnicos da fábrica de memes inundavam as redes digitais com mentiras terríveis sobre meus detratores e verdades maravilhosas sobre mim. A tecnologia era fantástica e percebi que a fábrica de fake news era melhor do que dizer qualquer verdade.

Contratei, então, as sobrinhas do deputado. Elas participavam da minha campanha anunciando o meu nome e desfilando de biquíni pelas ruas em cima do caminhão. Faziam um enorme sucesso com aqueles corpanzis maravilhosos e seus rebolados escandalosos. Tanto que, naturalmente, acabamos por formar um grupo musical com o qual poderíamos ganhar ainda mais alguma coisa, além de dinheiro.

Formamos o grupo "Deputadas Abundantes" que não entendia nada de música, pois esta parte ficava a cargo de um músico medíocre que contratamos por uma merreca. O importante era a bunda das garotas rebolando porque a machista sociedade brasileira adorava aquele desfile de submissão feminina. Elas, por sua vez, sabiam disto e gostavam de ganhar dinheiro em cima da burrice dos homens do país.

Assim, as coisas andavam bem, pois as emissoras de televisão achavam que o povo era idiota o suficiente para assistir a tudo aquilo e, em parte, era mesmo. Claro que eu havia pesquisado muito bem o mercado, assistindo, primeiro, todos os programas para saber o que o povo gostava de ver na televisão. Concluí que era só isso que havia, muita baixaria. Com certeza, avaliei bem o tamanho da periferia e o grau e a qualidade da escola fornecida pelos governos estaduais em todos os cantos do país e vi que eram todos iguais, nivelando o Brasil por baixo.

A escola pública era ruim em todo o território nacional, não havia canto em que um professor conseguia dar uma aula decente. Nesse sentido, os professores fingiam que ensinavam, os alunos fingiam que estudavam e ninguém aprendia nada, mantendo-se o status quo vigente desde os tempos do início da república, quiçá, do Brasil Colônia Escravagista. Já as escolas particulares, que só ensinam técnica, técnica e mais técnica, queriam formar médicos, engenheiros, advogados, contadores, mas não queriam saber de arte, filosofia, história e política. Era o paraíso: quem não tinha dinheiro, quase não aprendia a escrever, e quem tinha um pouco de dinheiro, aprendia a ser apenas um técnico incapaz de pensar, como se fosse um robô a serviço dos poderosos como eu.

Nós despejávamos vídeos e mais vídeos das Deputadas Abundantes em todas as plataformas digitais, em todas as poses machistas que se possa imaginar, tomando o cuidado de mostrar quase tudo, menos o essencial, de tal forma que, nuas, a polícia não podia afirmar que estavam, pois o tecido de suas roupas era de tamanho suficiente para esconder seus orifícios. A hipocrisia da sociedade moralista brasileira sempre foi algo que me espantou. Se cobrirem o corpo de uma mulher com 95% de tecido e deixarem de fora os 5% essenciais, pronto, a gritaria contra a nudez escandalosa é geral, mas, ao fazer o contrário, todo mundo aceita e se diverte.

O grupo Deputadas Abundantes era o maior sucesso e a minha candidatura subia cada vez mais nas pesquisas forjadas e nas não forjadas, afinal, o povo ignorava a ligação absurda entre aquele grupelho de música brasileira e um candidato a deputado. Assim, levamos aqueles meses efervescentes cheios de viagens, bebidas, sexo, drogas e rock-in-roll. Consolidamos mais um gênero musical genuinamente nacional: a musicabunda, e não pensem que o sufixo bunda significa nádegas. Na verdade, vem de bundo, ou seja, aquilo que parece que está acontecendo. Lembro-me de vagabundo, moribundo e meditabundo, logo, acabávamos de inventar a musicabunda, aquela música que parece música e, no caso brasileiro, que tem bunda sobrando.

Difícil era abster-me de sexo, considerando que as sobrinhas do deputado eram fantásticas e que o poder adquirido me dava cada vez mais tesão. E como era difícil, nesse caso, eu ia pelo caminho mais fácil e não me abstinha de sexo com elas. Certo que drogas eu não usava e bebidas eu não abusava porque sabia que, se não ficasse sóbrio, meu cérebro não conseguiria pensar em novas formas de ganhar dinheiro e poder. Aquelas meninas muito me davam e me ajudavam porque andavam e davam para todos. Inclusive para muitos deputados participantes da CPI que me acusava, rendendo-me muitos votos a favor a cada vez que eu ameaçava divulgar os vídeos das sacanagens das Deputadas Abundantes com eles, principalmente com aqueles das bancadas que mais gostavam delas, os das bancadas da bíblia, do boi e da bala, formadores da mesma bancada: a dos bestas. Mais divertidos eram os vídeos dos senadores velhacos com as meninas, alguns mal conseguiam caminhar sem ajuda de andadores, mas estavam louquinhos por sacanagem.

Com certeza, mais poderoso e rico do que nunca, a poucos meses da eleição, seria muito difícil para a CPI seguir em frente. O meu nome aparecia demais na televisão e em todas as mídias digitais e eu, certamente, seria eleito deputado federal.

Em uma das viagens que fiz com o grupo Deputadas Abundantes, tanto para fazer minha campanha quanto para aproveitar uns momentos de prazer com elas, o ônibus parou no meio de uma estrada famosa, que ficava no meio de um nada, para que o músico medíocre pudesse fazer xixi, depois de ter tomado três uísques, quatro batidas de limão, oito cervejas e um copo de água. Ele saiu do ônibus e embrenhou-se no mato para regar as plantas com álcool, mas como estava demorando muito, resolvi procurá-lo e entrei em uma picada naquele trecho de floresta, segui seu rastro e comecei a ouvir guinchos horríveis e gritos guturais, quando me vi frente a frente com um enorme monstro querendo devorar-me. Corri para o ônibus do grupo e ao sair da floresta, gritei para o motorista abrir porta que, ao ver o bicho gigante sair do mato, assustou-se e acelerou dali com o veículo para algum lugar abandonando-me sozinho com aquela fera gigante, meio homem, meio gorila, de olhos flamejantes: era o Mapinguari – um monstro enorme, com mais de três metros de altura, tinha o corpo coberto de horríveis cabelos negros e vermelhos e com garras enormes, parecia uma daquelas preguiças gigantes que habitaram o Brasil em tempos pré-históricos, mas, contrário delas, era muito rápido e ágil dentro da floresta.

O monstro tentou golpear-me, mas eu escapei virando-me na hora e fugi. Ele começou a correr atrás de mim e eu ia muito mais rápido, pulava montes e me embrenhava na floresta. Quanto mais eu fugia e me escondia, mais ele estava perto. Por um momento, pensei não ter mais chance e ele estava a ponto de me pegar, certamente para me devorar como devia ter feito com o músico medíocre. Na fuga, vi um buraco pequeno logo à minha frente, mergulhei de cabeça e enfiei-me naquela toca de difícil acesso. Pude sentir o bafo quente do dragão Mapinguari na minha bunda quando entrei no buraco do tronco da árvore ao lado de onde Alice dormia. O orifício dava no nada e eu caí. Uma queda bem alta e que nunca acabava, parecia que uma piscina havia lá embaixo, despencava sem saber onde. Perdi os sentidos e os recuperei após bater contra a água gelada do fundo da cachoeira, o rio me arrastou e o monstro ficou lá entalado na entrada da toca. Daquela vez eu consegui escapar e acabei parando num cais tosco improvisado na beira de um grande lago onde um caboclo negro, pequeno, pescava. Perguntei-lhe onde estava.

O caboclo olhou para mim, surpreso pela minha ignorância, respondeu apenas:

- Dentro d'água, sim senhor!

Fiquei irritado e me assustei quando vi que o caboclo era o Saci-pererê aposentado pescando. Perguntei-lhe o que fazia ali e ele me disse que as florestas estavam acabando e que ele não tinha mais o que fazer, não havia animais para proteger e as árvores mais antigas foram mortas e ele não tinha mais ninguém para conversar porque o Curupira tinha se mudado para a cidade, onde passou a morar numa favela e a receber pensão do INSS por conta de seus pés virados para trás, não podendo trabalhar. Então ele ficava ali pescando, pedindo desculpas quando pescava algum peixe porque todos eram amigos dele e, depois, ele acabava devolvendo os peixes ao lago porque saci não precisa comer, afinal, saci é uma entidade imortal. A única coisa que o deixava triste era que, por causa do vício da bebida, todo dia ele precisava vender algum peixe, amigo seu, no mercado da cidade para comprar um litro de pinga da boa que ele ficava sorvendo ali na beira do rio.

Quando ele se distraiu pegando mais um peixe, aproveitei e roubei a peneira do saci, podia ser útil para alguma coisa, e o deixei ali falando sozinho, faltava encontrar o Caipora pelo caminho. Ainda bem que esse estava longe e eu não o encontraria. Mas foi só eu virar para o lado que vi um preto velho, pitando um cachimbo bem fedido de fumo de rolo, que me disse:

– Voismecê devia devorvê a peneira du saci. Se num devorvê, a mardição do coisa ruim vai cair em suncê.

Não dei bola para ele que insistia:

— Uncê tamém é meu parente, é fio do pai do pai do pai do meu pai. E se uncê não respeitá o saci, a mardição vai te pegá.

Saí correndo dali na mesma hora sem devolver a peneira do saci porque achei que eu já estava ficando meio louco, corri até chegar na beira de uma estrada temendo reencontrar aquele monstro, ou aquele preto velho de novo, ou outros seres da floresta que, porventura, poderiam se revoltar contra a exploração secular que os homens brancos promoviam, destruindo e destruindo e plantando capim para o gado ou soja transgênica. Esperei algumas horas sentado contando formigas ruivas até pegar uma carona para a cidade no caminhão de abacaxi e, sem lugar para sentar-me ao lado do motorista, na vaga que estava ocupada por três crianças, fui na carroça com a carga. Difícil foi aguentar os solavancos da estrada esburacada. Cheguei com a bunda machucada e o saco espetado.

Agradeci ao motorista e lhe dei dez reais para ajudar na gasolina. Queria saber como andavam meus negócios e estava sem sinal de internete no meu telefone. A cidade era pequena, não havia cadeado nos portões e entrei discretamente na casa de uma família. Havia cinco pessoas na sala, deduzi que eram pai, mãe, filho, filha, e o terceiro indefinido, a televisão ligada, todos vidrados nas telas dos seus celulares. Sentei também e os imitei, perguntei a senha da internet com uma voz bem suave para não assustar ninguém. O senhor me passou a senha sem tirar o olho da tela. Acessei a internet e comecei a olhar as notícias e a situação dos meus negócios, aproveitei que estavam todos ocupados e fui até a cozinha, abri a geladeira, olhei o que tinha, fiz um sanduíche de ovo com mortadela e deixei a louça suja sobre a pia. Fui ao banheiro e fiz xixi sem levantar a tampa do vaso pois não havia tempo para isso. Satisfeito, saí pela porta lateral. Alguém naquela família ia achar estranho a sujeira na pia, e um outro ia levar bronca pelos respingos e pela falta de descarga, mas isso não problema meu.

No momento em que cheguei ao centro da cidade, caiu um enorme temporal. Pensei comigo: toda vez que chego, cai chuva desse jeito. Eu me abriguei embaixo de uma marquise em frente a uma loja de bicicletas que vendia apenas monociclos incrementados. Após passar a chuva, comprei um monociclo porque tinha pressa de chegar e o próximo ônibus era para dali a uma semana. Pela primeira vez na vida equilibrei-me sobre uma roda apenas e comecei a pedalar, vi que era muito fácil e comecei a correr bastante pela avenida de milhares de quilômetros de extensão até chegar em um ponto em que a via estava totalmente congestionada por causa de um alagamento depois do temporal. Correndo naquele monociclo mágico eu superava os motoqueiros em velocidade, raspava nos veículos, quebrava espelhos laterais, metia o pé com botina de couro nas portas dos carros, aproveitava para roubar umas bolsas femininas que estavam disponíveis em bancos da frente. Repentinamente, como num piscar de olhos, a noite caiu e já era de madrugada quando eu subia um aclive daquela avenida que, às três horas da manhã, estava deserta. Atordoado pela chegava tão incompreensível da noite, continuei pedalando o meu monociclo por aquela subida difícil. Ao passar por baixo de um viaduto, um moço bem vestido da cintura para cima e sem roupas da cintura para baixo, com cara de desencantado e desesperado, entrou na minha frente e me obrigou a parar, achei que era assalto, mas ele falou algo estranho, disse que queria pegar, eu falei: "pegar o quê?", e ele respondeu que queria pegar no meu negócio e que estava necessitado, chamei-o de louco, desvencilhei-me da situação e continuei subindo, enquanto ele ia correndo ao meu lado com o pau duro balançando. Atormentando-me, dizia que pagava bem e que precisava muito, correu na minha frente oferecendo-me a bunda. Minha sorte foi que a subida acabou, então parei, perguntei-lhe quanto ele tinha de dinheiro para pagar pelo serviço, ele tirou um mil reais da carteira, tomei o dinheiro de sua mão, chutei seu saco e ele caiu, urrando de dor e de gozo. Fugi acelerando o máximo possível na descida para que ele não conseguisse me acompanhar. Fiquei livre daquele sujeito indesejável e maluco, e agora tinha mais dinheiro para me virar.

No final daquela avenida de outros centos quilômetros, reencontrei o coronel corrupto tomando cerveja na beira da estrada esperando uma carga de pó vinda da Colômbia mandada pelo seu amigo e xará Santo. Ainda com raiva de tudo que eu disse para os sem-teto daquele prédio, ele me humilhou na frente dos seus comparsas porque eu estava roto, sujo e suado. A primeira reação que tive foi de contar tudo para a CPI do narcotráfico, mas eu teria que me identificar e perderia as concorrências públicas para outro. Tendo perdido momentaneamente o contato com o grupo Deputadas Abundantes e estando ainda a um mês da eleição, procurei saber dele se havia mais alguma concorrência para participar. Ele me contou que havia várias, mas uma era especial. Nos sentamos à mesa e ele me explicou que haveria uma encomenda bem grande e que ele coordenaria a licitação, pediu-me quinhentos mil euros para me dar a carga porque a inflação do dólar tinha corroído parte do dinheiro que recebera anteriormente e, assim, acertamos tudo.

Quando os traficantes chegaram, vi que era o mesmo grupo de terroristas armados até os dentes que desafiei no restaurante, um deles, loiro com uma coroa careca na cabeça, alto e magro, e que se tornara meu inimigo mortal, reconheceu-me. Fiquei numa situação ruim porque ele queria me matar, mas o coronel o impediu apenas com um olhar, indicando que, aos poucos, eu estava entrando no jogo e ganhando o direito de ser Santo. Mesmo assim, o clima era tenso e, naquele momento, fiz uma oferta generosa aos traficantes para não ser morto e pareceu que eles não gostaram, estavam raivosos e com sede do meu sangue. Começaram a conversar muito numa língua que eu não entendia.

Nessa hora, meu fusca velho apareceu do nada andando sozinho e cantando uma canção do Roberto Carlos. O carro fez um cavalo de pau na rua, bem diante de todo aquele público, abriu a porta para mim e pulei dentro, mandando-o calar a boca ou cantar Valdick Soriano, e saímos dali o mais rápido possível debaixo de uma chuva de balas de metralhadoras. Mas, sendo o fusca blindado, fugi disposto a acabar com todos eles, só não sabia como.

Segui, então, para o sertão. Com o celular super G alguma coisa, que roubei do Coronel Santo sem que ele percebesse, acompanhei minhas aplicações pela internet e vi todas as notícias importantes. O Coronel deve ter bloqueado o celular e o GPS deu problema. Naquela fuga, sempre em frente, eu não tinha tempo a perder e acabei por entrar em uma estradinha de terra que foi diminuindo, diminuindo, diminuindo até acabar de vez e virar uma trilha no mato por onde o meu Fusca turbinado não conseguia mais passar. Fui obrigado a descer e seguir a pé, o que não era tão ruim porque meus ouvidos estavam doloridos de tanto o meu fusca insistir em só tocar sertanejo brega. À minha frente, como havia apenas campos e pradarias, típicas vegetações de cerrado, deduzi que estava no meio do Brasil, em algum lugar que podia ser Goiás, Minas Gerais, Bahia ou Tocantins. Sabia que não havia cidade há duzentos quilômetros passados e meu único recurso era caminhar. Pelo campo eu via, estranhamente, muitas zebras, em vez de bois ou cavalos. Depois, no meio do pasto, vi um grupo de gorilas brigando com as zebras para conseguir a melhor grama do pedaço, nervosos, eles gesticulavam muito e urravam alto, espantando-as junto às avestruzes que ousassem se aproximar.

Pensei que eu estivesse na África, e só quando vi um bem-te-vi e um tucano numa árvore é que tive certeza de que ainda estava no Brasil, mas que lugar era aquele? Quem deu autorização para que se criassem zebras, gorilas e avestruzes no meio do Cerrado brasileiro? Fiquei encucado com aquilo e disposto a descobrir tudo. A noite vinha caindo e fiquei com medo de passá-la com tanto bicho estranho em volta. Eu não tinha barraca e decidi subir numa árvore. Embaixo, fiz uma fogueira, pois eu tinha um isqueiro e me abriguei o melhor que pude colocando uns galhos sobre outros para ficar acima do chão. Tentei dormir com o frio que fez durante a noite. Alguns pernilongos zuniam no meu ouvido, umas formigas passavam por cima de mim. Felizmente, nenhum bicho grande chegou.

Ainda não havia amanhecido, e, nem acordado e nem dormindo, vi uma luz fraca se movendo ao longe.

Pensei ser alguém que pudesse me ajudar a sair dali, corri até aquela luz e tomei um grande susto ao ver um animal sem cabeça soltando fogo pelo pescoço. Logo que me viu - fiquei na dúvida se me viu mesmo, afinal, se não tem cabeça, também não deve ter olho. De qualquer maneira, aquele bicho se voltou para mim e começou a galopar em minha direção, corri de volta para a árvore onde tinha dormido e subi rápido. O bicho começou a circular e, à medida que andava, botava fogo nos galhos da árvore, no desespero e sem saída, saltei no lombo do bicho que era o único lugar que não queimava e me agarrei como pude, tentando não chegar perto do pescoço cheio de fogo.

Aí que o bicho ficou bravo e começou a dar pinotes tentando me derrubar. Mantive-me firme e consegui, com muito custo, segurar-me, entendendo que eu estava no lombo da mula-sem-cabeça. O bicho não se cansava e começou a galopar pelo campo, enraivecido, botando fogo no mato seco à medida que andava. Dessa forma, incendiamos o Cerrado, o Pantanal, a Mata Atlântica e a Amazônia, rodamos três dias pelos grandes sertões e veredas do Brasil até retornar ao mesmo lugar. Não sei como, mas havia um arreio no pescoço do bicho e foi ali que agarrei ainda mais firme durante a corrida até chegarmos em uma grande mansão. Minhas forças estavam exaurindo e, num galope mais violento, a mula conseguiu me jogar para fora do seu lombo. Como não soltei o arreio, acabei arrancando-o, o que me deu um corte e me fez sangrar e o sangue, por sua vez, pingou dentro do pescoço do bicho, justamente na hora em que o sol começava a raiar. De repente, não havia mais mula e nem nada. Como eu estava exausto ao cair no chão, consegui ver apenas duas pernas femininas passando por mim antes de desmaiar. Fiquei desacordado por um bom tempo.

Recuperei minhas forças, levantei-me e fui até aquela enorme casa construída no meio do nada que era aquele sertão. Uma casa luxuosa com piscina, heliporto, antena parabólica. No portão de entrada, dois homens com roupas de caubói norte americano, um fumando Pall Mall, outro, Marlboro, ambos sem Charm. O do Pall Mall me atendeu num sotaque esquisito de Portugal misturado com mexicano, que quase não se compreendia.

Fui levado até a porta de entrada da casa e me fizeram esperar na varanda. Uma moça alta e bonita, um pouco acima do peso ideal, saiu e me atendeu. Estendi-lhe a mão para cumprimentá-la e ela não deu a mínima para o meu gesto, vendo que eu carregava uma pasta, parecia enciumada porque era igual à dela e virou o rosto.

Depois, vi lá dentro da sala uma outra moça muito mais bonita que a primeira. Estava sentada no sofá ouvindo um homem tocando piano enquanto tomava um chá com torradas servidos por um criado. A moça não se abalou e nem se mexeu com a minha entrada, como que paralisada pelas suaves notas emanadas do instrumento. Mesmo estando totalmente nua, não se importava nem um pouco com a presença de outras pessoas ali. Realmente, sua beleza era de se admirar e ela andava nua pelo país, ou pelo menos pela casa.

Fiquei ali fora por mais de duas horas ouvindo parte da obra erudita de Villa-Lobos até que o dono da casa apareceu e me interpelou sobre quem eu era, o que fazia ali e o que queria. Menti-lhe dizendo que eu era um Santo e ele se surpreendeu, pois ele também era um Santo e não me conhecia. Contei-lhe sobre minha negociação com o coronel Santo da Aeronáutica, do meu amigo Santo da prisão, das minhas ligações políticas, econômicas e sociais e, claro, das minhas intenções. Ele não foi muito amigável e não parecia disposto a me dar qualquer informação apesar de conhecer o Santo da prisão, não o que recebeu a loura, mas o que foi sociólogo. Creio que talvez desconfiasse de falsos Santos. Pedi-lhe apoio para a minha campanha garantindo-lhe que ele seria muito bem recompensado após a minha eleição, dada como certa. Até então ele havia se limitado a me ouvir e a olhar para a bela moça nua na sala. Com a intenção de obter alguma informação, comentei com ele sobre o perigo dos animais africanos que podiam escapar e tomar conta do Cerrado brasileiro, competindo com as espécies nacionais e vindo a ameaçá-las de extinção. Ele se fechou ainda mais, e, irado, bateu na minha cara a porta e se trancou na casa.

Como eu não tinha para onde ir, fiquei ali a fim de conseguir pelo menos um pouco de comida para matar minha fome e gasolina para retornar ao meu carro e ir embora. Mandei dezenas de mensagens aos meus empregados - executivos, advogados, contadores -, pedindo ajuda e torcendo para que me encontrassem pelo GPS. Quando um dos empregados do Santo passou, perguntei-lhe o que eles faziam naquela fazenda, ele me disse que só sabia que tudo ia virar soja para vender para a China. Fui dormir pensando que os porcos da China estavam cada vez mais vorazes e o Brasil todo ia virar uma grande plantação de soja transgênica. Acordei no meio da noite e juro que ouvi o batuque dos negros na senzala, um batuque forte e assustador, mais do que centenário, como se preparando para a guerra. Cansado, adormeci novamente, sentado numa das cadeiras de descanso da varanda, acordando no dia seguinte com uma zebra lambendo minha cara.

Pulei de susto da cadeira quando vi a moça, aquela que tomava chá enquanto ouvia o pianista, montada numa zebra a me olhar. Continuava nua e bela com longos e negros cabelos brilhantes a cair até a cintura. Percebi que seus cabelos eram tão brilhantes quanto o rabo da mula-sem-cabeça e desconfiei que as pernas que vi eram as dela, pois se assemelhavam. Ela me deu uma cesta e, ao abri-la, um café completo havia dentro. Fartei-me de comida enquanto ela permanecia parada, feito estátua, à minha frente, após ter descido da zebra. Para mim era difícil comer e desejá-la ao mesmo tempo, mas alguma coisa continuava a me dizer que a beleza daquela moça era apenas para se admirar e por isso ela andava nua pelo seu país. Então, perguntei-lhe da possibilidade de encontrar gasolina para o meu carro e ir embora dali. Ela levantou o braço e estalou o dedo, pensei que iria fazer uma mágica e me mandar embora quando os quatro caubóis apareceram e me agarraram, fazendo-me segurar firmemente a minha pasta para que não a tirassem de mim. Preso por aqueles quatro brucutus, a moça abriu o zíper da minha calça e colocou o meu pinto para fora, massageando--o. Isso me provocou uma ereção fantástica, depois ela passou um elástico de papelaria na base do meu pênis, deixando-o ereto e deu outro sinal. Eles me levaram até o meio do cerrado e me amarraram em uma roda de um antigo carro de boi que girava, pensei que faltava apenas colocarem o meu fígado para fora para um urubu, em vez dum corvo, vir comê-lo todo dia. Meu medo era que, com o meu pinto para fora, outro animal viesse para comê-lo. Apesar de que, daquele jeito, eu não poderia fazer nada mesmo.

Enquanto me amarravam, comentaram que os desvalidos invadiram a fazenda de um Santo com dez mil cabeças de gado a cinquenta quilômetros dali e estavam devorando todas elas. Mesmo com duzentos peões armados, nada pode ser feito contra aquela corja de animais selvagens, além disso, todas as balas que possuíam foram disparadas e não se sabia de onde surgiam mais e mais desvalidos que, até naquele momento, já haviam matado todos os homens guardiões. A última notícia era que o dono da fazenda estava cercado, preso em sua casa, tentando convencer o exército a intervir, pois não podia chegar na pista do seu jatinho particular.

Depois de firmemente amarrado, a bela moça nua me disse que eu quebrei o encanto de muitos séculos e que eu nunca mais poderia ir embora. Não entendi nada. Muito menos por que me abandonaram daquele jeito.

Preso ali por algumas horas com o sol me castigando, já sem saber ser era o sol quente do sertão ou se era verdade, vi girafas, elefantes e outros bichos passando na minha frente até que surgiu uma onça parda me encarando com uns olhos famintos como se eu fosse um bom almoço. Percebi que estava ali como se fosse uma oferenda para aquela deusa animal. Seriam aquelas pessoas capazes de pertencer a algum culto secreto? Qual seria o prazer da bela moça nua em me deixar como alimento para aquele animal selvagem?

Aquele bicho começou a me cheirar e estava com a boca muito perto da minha zona erógena que, àquela hora, estando exógena, poderia ser extirpada, o que não me era nada agradável. O calor me causava dor de cabeça e sonolência e eu sentia os primeiros sintomas de insolação. Pude sentir o bafo da onça a um metro de distância e, quando aquele bicho estava para me atacar, um barulho muito alto foi ouvido e uma aeronave começou a cair vindo na minha direção. A onça fugiu e o objeto ameaçava me atingir. Saí do fogo para cair na frigideira. A aeronave era um jatinho e veio se aproximando cada vez mais, bateu bem na ponta da roda em que eu estava preso, fazendo-me girar loucamente durante mais de cinco minutos enquanto ele fazia um pouso improvisado. Foi o tempo de pousar, retornar e voltar até bem perto de mim. Quando a aeronave chegou, eu ainda girava e, ao parar, não conseguia pensar em nada direito. Percebi muitas luzes, vozes e pessoas vestidas com uniformes e roupas diferentes. Uma mulher veio e puxou o elástico de papelaria do meu pênis causando enorme dor por conta dos pelinhos que foram arrancados, depois, outros dois homens me tiraram daquela roda, colocaram-me dentro da aeronave e levantaram voo. Com certeza, eram alguns dos meus vários empregados fiéis ao meu dinheiro que conseguiram me localizar e me tiraram dali. Eu os ouvia, enquanto ainda estava no meu devaneio, conversando sobre como eles conseguiram chegar antes das colunas de desvalidos e do incêndio que se alastrava pela grama alta e seca. Não entendi do que se tratava.

Levaram-me para longe e me deixaram num quarto de hotel onde dormi por trinta horas até a noite seguinte, quando ouvi um barulho familiar de samba antigo no meio do salão. Um assessor ficou do lado da cama me esperando. Depois, ele me explicou que conseguiram me achar e que, por pouco, eu não fui devorado pelas hordas de desvalidos. Eles conseguiram chegar a tempo, mais dez ou quinze minutos e eu teria sido pego.

Levantei-me muito rápido e tonteei, quase caindo, cambaleando de sono e com fome, quis saber onde era o samba, mas com que roupa eu iria? Informaram-me que era ali perto e que não tinha hora para acabar. Apesar da reprovação dos meus cuidadosos e dedicados empregados, encontrei uma fantasia de Willy Wonka debaixo da pilha de cobertores. Vesti-me e fui ao baile na associação cultural querendo passar despercebido até o sol raiar. Antes de entrar no salão, procurei uma farmácia e comprei pomada para queimadura e a passei em todo o meu pinto e no meu saco, que ardiam da queimadura do sol. Cambaleante, fiquei próximo da mesa de comidas e bebidas recuperando meu peso. Apesar da fantasia, fui reconhecido por uma amiga, também ex-amante, com a qual eu tinha ficado dez anos atrás, tendo perdido o seu contato quando me mudei. Ela me tirou dali com a proposta de irmos a outro lugar. Reparei que sua fantasia deixava partes interessantes de seu corpo à mostra, o que me fez pensar com a cabeça de baixo, que ainda doía por causa daquele elástico e das queimaduras. Ela parou em frente a uma porta de um antigo casarão colonial no centro da cidade. Eu tomava uma Coca-cola e pensava em sexo e ela, em casamento com outro, apesar de dizer ter ficado muito contente em me rever. Depois, disse que seu amigo estava muito doente porque, ao descer a serra de bicicleta nesta madrugada, caíra e batera a cabeça. Agora, ele estava deitado e com febre.

Sentindo-me momentaneamente ludibriado por ela, continuamos aquela conversa que não havíamos terminamos ontem, lembrando que esse ontem fora há dez anos quando fugi do apartamento dela que ficava nas Laranjeiras. Achei que eu poderia ajudar, pelo menos, carregar o rapaz para uma cidade grande e levá-lo a um hospital, pois, considerando todas as influências de Santo que eu tinha, conseguiria arranjar-lhe o melhor tratamento. Entrei no casarão e subimos por uma escada estreita que levava ao andar superior e me surpreendi ao ver que o amigo dela era o meu primo, o policial.

Interpelei-o sobre a imprudência de fazer aquilo e ele me disse que eu tinha razão. Resolvemos que o levaríamos até São Paulo para que ele se tratasse, afinal, na cidade onde estávamos, não havia um bom hospital. Coloquei a bicicleta no bagageiro do carro da minha amiga. Depois, com a ajuda do meu assessor, nós o colocamos numa maca e descemos, cuidadosamente, por aquela escada estreita. Aproveitei para perguntar-lhe se a mulher dele sabia que ele estava ali e ele me falou que não, que haviam brigado mas que estava arrependido. Conseguimos um táxi que nos levou até o aeroporto. A vendedora de passagens, vendo minha identidade de Santo (falsa), mas recheada de dólares, conseguiu a primeira classe no primeiro voo para São Paulo, com paramédico a bordo e duas aeromoças maravilhosas para nos atender, uma para o meu primo todo arrebentado e outra para mim, se eu passasse mal. Ao lado da minha amiga, não precisaria da aeromoça. Dessa vez, ela pensava em sexo e eu não pensava em casamento, mas em reclamar da empresa que construiu um avião com banheiros tão apertados que mal davam para duas pessoas realizarem o fetiche da transa no voo.

Ao ver no hospital as minhas credenciais de Santo, a enfermeira, imediatamente, arrumou o melhor quarto para o meu primo. Vieram os melhores médicos e fizeram os melhores exames. Ali, deixei o meu primo para ser tratado. Eu queria encontrar as Deputadas Abundantes e retomar a minha campanha, também precisava saber da concorrência com o Coronel e como andavam meus negócios lícitos e ilícitos. Contratei uma empresa desconhecida para descer a serra de helicóptero até o litoral pois recebi uma mensagem de que elas, as Deputadas Abundantes, estavam lá. As credenciais do piloto eram boas, no entanto, o copiloto tinha cara de capiroto. Ao passar pela Serra do Mar, a porta do helicóptero se abriu, fui empurrado para cair no meio da mata e mal pude ver o copiloto capiroto rindo. Com certeza, meus inimigos políticos prepararam aquela armadilha, mas não contaram que eu conseguiria me agarrar no estribo do aparelho. O copiloto capiroto tentava pisar na minha mão, porém, pude ver que ele estava com medo porque não conseguia se segurar direito. Aqueles minutos angustiantes se encerraram quando o piloto se aproximou de uma grande pedra, tentando fazer com que eu batesse e ali me quebrasse todo. Vi a parede de granito se aproximando e não tive dúvida, joguei-me em cima de um antigo jequitibá rosa de oitenta metros de altura, tentando desesperadamente agarrar-me a um de seus galhos. Consegui me segurar no rabo de um bugio macho que urrou enlouquecido, sendo o suficiente para reduzir a velocidade de queda e permitir que eu me agarrasse a um galho. O helicóptero circulou tentando me encontrar, mas fiquei escondido pela quantidade de folhas das árvores. Esperei a aeronave ir embora e desci lentamente da enorme árvore contando os pássaros e macacos que passavam por lá. Infelizmente, os macacos não eram muito amigáveis e ficaram o tempo todo guinchando e me jogando merda. Cheguei lá embaixo fedendo cocô de macaco, entretanto, consegui me lavar num pequeno riacho de água gelada. Perambulei sem rumo até encontrar a casa de uma bruxa muito velha com uma verruga no nariz.

A bruxa se pendurava num balanço e, ao ver-me, quis mandar-me aos vermes, discutimos, ela tomou a minha mão e a leu. Sem me dizer qualquer palavra, assustou-se com o que estava escrito e arregalou seus enormes olhos, sua verruga mudou do lado esquerdo para o lado direito e, mostrando-me uma boca com apenas sete dentes, expulsou-me de sua casa. Tornei a vagar pela mata morrendo de medo de reencontrar o Mapinguari. Acabei reencontrando o velho saci que pescava e bebia e vendia seus amigos peixes. Tive pena dele e lhe deixei cinquenta reais para comprar pinga, ele me agradeceu e eu continuei descendo a serra a pé, encafifado com o que a velha bruxa tinha visto ao ler a minha mão.

Próximo do caminho, alguns metros abaixo do barranco em que eu estava, havia outro lago enorme escondido pela Mata Atlântica e, dentro dele, eu vi nadando um enorme jacaré com mais de seis metros de comprimento. Como o velho saci também estava lá, perguntei-me: será que ele estava em todos os lagos?

De repente, vi um homem se aproximando e quando gritei para que saísse dali porque o jacaré poderia pegá-lo, ele nem deu bola, parecia surdo e caminhava como um zumbi hipnotizado pela telinha de mão. Não deu outra, o jacaré o pegou com uma agilidade incrível, arrastou-o para o fundo do lago e o comeu. Dois outros homens que vinham logo atrás viram tudo e chegaram perto do lago. Não acreditavam que pudesse haver um jacaré tão grande assim, gritei para que saíssem de lá porque o animal podia voltar, igualmente, não deram bola. Alguns minutos depois, o jacaré voltou e puxou mais um para o fundo do lago, ainda pude ouvir o velho saci que pescava falando:

- O jacaré está com fome hoje! Ré, Ré, Ré!

Caminhei na mata sem rumo e sem saber onde eu chegaria. Sabia que deveria descer a montanha pois, de alguns pontos, eu conseguia avistar o mar. Finalmente, quando cheguei na praia, tudo estava deserto e um índio forte veio caminhando até mim, trazia algumas ervas cheirosas que ele ia queimando enquanto jogava fumaça na minha direção, como se tentasse me purificar de alguma coisa.

Gritei com ele, que continuava muito calmo:

— Quem é você?

— Sou Abaporu.

— Pode me ajudar?

— Sim. Espere aqui, preciso fazer fogueira.

O nativo brasileiro montou uma fogueira grande. Sobre ela armou uma espécie de estrado forte que, pelo tamanho, caberia um porco em cima.

Acabou me contando sua história, mesmo que eu não tivesse pedido. Parecia importante que ele falasse.

— Eu sou o maior guerreiro que caminhou por essa terra, daqui até as terras geladas ao norte ou ao sul, ou a oeste, pelo Peabiru. Tudo aqui eu conheço e tudo aqui eu vivi desde sempre que meu povo surgiu. Tudo era bom, nós fazíamos guerra somente para provar quem era mais forte. Não queríamos acabar com nossos irmãos guerreiros. E lutávamos com os animais grandes para provar nosso valor. E plantávamos a nossa floresta e dela tirávamos a nossa comida e os nossos remédios. Isso foi até homem branco chegar. Eles estavam sujos, fedidos e famintos, cuidamos deles e eles nos mataram a quase todos. Precisei de quinhentos anos para entender o que aconteceu e o que eu tinha de fazer. Mas homem branco fez mais e trouxe a fome de gente.

Enquanto ele falava, o fogo ia crescendo na fogueira e uma comichão danada de sumir dali vinha na minha ideia.

— Tupã me encontrou no sonho e disse que minha caçada terminaria em breve. Ele me conduziu até aqui. Hoje, agora, encerra-se a minha busca de mais de quinhentos anos. Finalmente encontrei você, filho de Jurupari, aquele que nos assombra. Preciso te matar porque meus antepassados não fizeram isso no momento em que vocês chegaram. E preciso devorar cada pedaço seu para retirar todo o mal que sua tribo trouxe para esta terra.

Dizendo isso, ele tirou o arco e flecha de dois metros de altura do saco que carregava. Nem esperei que ele fizesse a mira para sair correndo feito um louco, as flechas voavam e fincavam de um lado e de outro e me esquivava delas. E aquele cara era bom de arco, mas de corrida eu era muito melhor, ainda mais quando se trata de proteger a minha vida. Vinte quilômetros depois, cheguei numa cidade pequena à beira-mar. O Abaporu podia continuar me caçando, mas agora, pelo menos, eu estava bem longe.

A primeira placa que vi lá embaixo na cidade era a do escritório de direitos autorais, o ECAD, e pensei que poderia encontrar as Deputadas Abundantes com ajuda dele. Procurei o chefe do escritório porque eu também queria receber meus direitos autorais relativos às vendas das músicas do grupo Deputadas Abundantes, que estavam há um tempo para serem pagos, porém, até então, não havia data definida. Ele se negou a me pagar e eu falei que montaria uma chapa na próxima eleição, seria a Chapa Adão que iria destroná-lo porque eu ganharia. Ele tirou uma arma de dentro da gaveta e me disse que se eu montasse tal chapa me matava. Ele não sabia com quem falava, então tirei uma carteira de identidade falsa do bolso que dizia que o meu nome era Santo. Assustado, ele entendeu e me deixou registrar a chapa, mas eu desisti a favor do vice que me devia um favor porque já concorria na outra eleição.

Enquanto eu perambulava pelo litoral, de cidade em cidade, tentando encontrar aquela trupe de musicabunda - às vezes indo de carro, às vezes de bicicleta, às vezes a pé -, pisei numa gosma preta espalhada pela areia e vi que as praias estavam enxovalhadas pela presença de petróleo vazado da exploração do pré-sal. Da estrada, vi milhares de pessoas se lançando ao mar para tentar salvar alguma coisa das praias lindas que existiam antes nos estados do Nordeste. As pessoas queriam limpar tudo aquilo com as próprias mãos. Para mim, era loucura fazer isso tudo sem ganhar nada, contudo, elas estavam decididas. Saíam cobertas de óleo e precisavam tomar banhos de detergente. Compreendi que havia uma oportunidade para conquistar mais alguns eleitores ali e comecei a oferecer banho com sabonetes cheirosos, música agradável e luvas de plástico. Logo eu percebi que aquilo tudo não teria muito futuro e que aquele óleo todo ia causar muita doença e morte ainda naquelas populações. Distribuí sabonetes cujas embalagens tinham minha foto e meu número de campanha, fiz discursos culpando o governo por tudo, estive nas rádios das cidades litorâneas e prometi limpar toda a sujeira, perfumar todo mundo, e, como não poderia faltar no discurso, eu empregaria os desempregados como agentes ecológicos. No meu íntimo, eu só pensava que aquela gente pobre era perfeita para limpar as merdas que os governos vinham fazendo.

Finalmente, encontrei as sobrinhas do deputado e o sangue subiu, na cabeça de baixo, ao vê-las tão provocantes, entretanto, eu queria brigar porque elas me abandonaram com o monstro e se recusavam a atender minhas insistentes ligações. Deveria ser um grande quebra-pau, mas elas vieram com sete pedras nas mãos e tomei o total de vinte e oito pedradas sem contar as vezes que elas pegaram as pedras do chão e me acertaram de novo. Elas disseram que estavam dando (e muito!) um duro danado para seguir com o grupo, que não tinham parado nem um instante, que arrumaram elas mesmas outro músico, que fizeram quase tudo sozinhas e que, se eu quisesse, que aceitasse as condições delas para continuar o trabalho. O sangue me subiu à cabeça de cima, murchando a cabeça de baixo. No final, fui obrigado a aceitar novas condições, o que as deixou mais felizes. Decidiram me dar o tratamento vip, fazendo o meu sangue descer da cabeça de cima para intumescer a cabeça de baixo.

Retomei a minha campanha para deputado federal, fazendo tudo que um bom candidato deve fazer: fiz promessas absurdas, comi pastel na feira, tomei pingado no bar, dancei forró no Centro de Tradições Nordestinas e vanerão no Centro de Tradições Gaúchas, visitei favela, andei por ruas esburacadas cheirando esgoto, peguei criança suja no colo, beijei mulher feia no centro da cidade, abracei todos os populares que encontrei, até o bêbado famoso do centro de cada cidade e o louquinho que anda falando alto, fiz carreata gigantesca e muita propaganda na televisão e na internete, publicando fake news contra meus adversários. Acabei por ser eleito com a maior votação do país, uma vez que havia prometido uma sobrinha do deputado para cada homem solteiro. Depois da eleição, claro que não cumpri tal promessa absurda que visava apenas ganhar, mas, sendo deputado e alcançando finalmente o status oficial de Santo, ganhei imunidade e comecei a trabalhar como um bom deputado. Vendi informação sigilosa no mercado ilegal, fiz conluios, negociatas, traições. Fiz mais alguns milhões de dólares com tudo isso e aproveitei para pisar nos meus inimigos, mantendo fielmente a minha promessa de ser o futuro dono do Brasil, querendo ser mais rico que aquele cara que vende xixi de milho transgênico como se fosse cerveja.

Montei um belíssimo escritório em Brasília. E, tendo feito as pazes com as Deputadas Abundantes, combinamos que elas contratariam minhas secretárias nos melhores bordéis do Rio de Janeiro e de São Paulo, do Paraná e de Santa Catarina, muitas eu avaliei pessoalmente para ter certeza de que eram as melhores. As secretárias não sabiam escrever um "a" no teclado, mas quem precisava disso? Desfilavam o dia inteiro de biquíni porque em Brasília faz muito calor o tempo todo e, se algum eleitor viesse reclamar, elas cuidavam bem dele, se alguma eleitora viesse reclamar, elas a mandavam para o salão de beleza especial que eu havia montado, rumo a uma sessão gratuita de tratamento com direito até a cirurgia plástica. Apesar disso, consegui arrumar muita treta com as feministas. Elas me perseguiam o tempo todo, acusando-me de machista e misógino. Eu sequer sabia o que isso significava.

E, claro, para os meus novos amigos Santos deputados, senadores, servidores do primeiro e segundo escalão, sempre haveria uma deputada abundante na medida certa e, para os homossexuais, criamos os Seguranças Musculantes, um grupo de homens fortes e gays, todos com bilau gigante para satisfazer os interessados. Tudo na maior discrição porque muitos dos clientes se diziam machos na sociedade.

Os dias ficaram cada vez melhores na cidade. Como deputado, passei a fazer leis para me favorecer. Nós, deputados, começamos a trabalhar para acabar com toda a possibilidade de o povo ter alguma coisa de graça, eu queria mais lucro e o povo precisava pagar pelo SUS, pagar pelas universidades públicas, pelo transporte público, pela luz. Eu queria privatizar a água, antes que a Coca e Nestlé o fizessem, assim, quem não me pagasse ia passar sede ou teria de tomar água da chuva. Maldito São Pedro! Se eu pudesse, também ia impedir a chuva de cair em qualquer lugar, só cairia nas minhas terras. Nosso lema secreto era: para o povo, nada de graça, só desgraça. Nosso objetivo era acabar com todo o estado de bem-estar social. A Europa não é aqui, aqui é Haiti!

Até me coube uma secretaria para indicar um imbecil qualquer no governo do presidente patético e consegui colocar o afilhado do subordinado do primo da minha irmã num cargo em que ele liberava todos os produtos tóxicos para uso na agricultura. Afinal, meus amigos Santos queriam vender tudo. Toneladas e toneladas de agrotóxicos se espalharam pelo Brasil inteiro e contaminaram tudo. Mas eu não fazia ideia de que a mistura de agrotóxicos com zika vírus, chicungunha, tuberculose e sarampo, com um posterior gigantesco derramamento de petróleo, iria causar uma improvável combinação de toxidade, que atingiria todos os miseráveis e malnutridos de maneira igual, fazendo-os ver o mundo com outros sentidos.

Agora eleito e sabendo que nesse país não se discute com quem chegou a Santo, decidi que era hora de subjugar alguns dos meus inimigos. Primeiro, enviei um recado ao capoeirista, aquele que quis me pegar, mandando-o sumir do mapa. Depois, enviei uma mensagem para aquele ex-artista, que tentou matar-me duas vezes e tinha virado pastor. Consegui a autorização para ele abrir a própria igreja fajuta desde que me pagasse vinte por cento de toda a arrecadação. E, se ele não conseguisse enganar os pobres coitados que lá fossem, perderia a igreja e o ganha-pão. Fez direito tudo o que pedi e ainda mais, encheu a igreja de gente pobre e desiludida, arrancando-lhes o pouco dinheiro que tinham. Minha intenção era de que aquele pastor enriquecesse para que eu desbancasse os pastores da bancada da bíblia. Eu queria, realmente, que o povo se preocupasse com Deus, contanto que eu fosse o deus do povo.

Para mim, enquanto o povo enchesse as assembleias para fazer as suas orações, não iria se revoltar contra o que faríamos no Congresso Nacional.

Por aqueles meses iniciais do meu mandato, eu estava muito sossegado como deputado Santo oficial, amigo dos Santos, e meu falsificado nome de Santo quando uma carta do Ministério Público, assinada pelo Benedito, chegou. Perguntei no meio da sessão na Câmara: quem será o Benedito? Ao ouvir aquele nome todo mundo sumiu de perto de mim e percebi que havia algo muito grave, qualquer coisa ruim estava por acontecer.

No dia seguinte, policiais federais arrombaram a porta do meu escritório e levaram o meu computador, mais cinquenta e um milhões de reais em notas de cinquenta e as minhas figurinhas premiadas que eu juntei quando era criança. Alguém fotografou tudo e fiquei em maus lençóis. Tinha certeza de que só poderia ter sido o Benedito.

Mas, para quem enfrentou saci, jacaré, máfia sérvia, monstro, coronel e outros corruptos, enfrentar o Benedito seria fácil, pensei. Porém me dei mal. Eu não sabia que a confraria secreta dos Beneditos era mil vezes mais forte que todos os Santos juntos, será que eu havia interferido na vida de um Benedito que era dono de televisão, rádio, revista, jornal e Internet, sem que eu soubesse? Dei um jeito de escapar, pedi licença do congresso e fiquei noventa dias no programa de televisão de exposição das atitudes humanas imbecis do concorrente, elevando os níveis de ignorância e de audiência e deixando aquele Benedito com mais raiva porque estava perdendo os anunciantes.

Acrescentei aos programas meu toque particular de safadeza e continuei desinformando, escondendo a verdade, fingindo lutar contra a corrupção.

Logo vi que era hora de lutar novamente contra os poderosos do país, afinal, queria eu ser o único poderoso. Compareci, então, à festa de entrega dos prêmios dos poderosos do ano e pedi que a minha ex-

-namorada ficasse com o filho do Benedito. Quando eles estavam juntos, fotografei-os em cenas calientes de romance. Depois, meus guarda-costas o sequestraram e fizemos fotos de um dos Seguranças Musculantes nu e de bilau duro prestes a entrar no filhinho de papai e mandamos para o Benedito. Dei um recadinho para o filho, pedindo que o pai ficasse na dele, sem se meter comigo porque senão eu lhe cortaria as orelhas e o segurança é que meteria nele. Além disso, joguei pesado comprando ações daquela companhia de televisão e fiquei dono de uma boa porcentagem, que foi crescendo com o tempo, na medida em que fui conhecendo os sócios acionistas e adquirindo mais e mais poder.

No entanto, eu não tinha tanta noção de que o poder tem o seu limite. E, quando os meus interesses em estabelecer uma base de produção de urânio para bombas nucleares no fundo de uma caverna secreta do PETAR, em completo sigilo, foram descobertos pela espionagem de uns caras da CIA, um tal secretário dos EUA me mandou um recado dizendo que eles iam jogar uma bomba na minha fábrica. Falei para ele que eu não era o Sadam, mas mandava na SUDAM, na SUDENE, e na Salada Geral que era o país. Se eles queriam interferir no meu pedaço, a briga ia ser grande, meus amigos traficantes seriam meu exército. Morrendo de medo, pois sabiam que no morro ninguém subia sem autorização, um tal de general americano veio até mim, trazido pelo meu amigo coronel, aquele da concorrência. O coronel falou que eles queriam um acordo. Perguntei quanto eles pagavam e falaram alguma coisa de um bilhão de dólares. Achei o preço razoável e concordei em vender a minha produção de urânio enriquecido próprio para bombas nucleares para uns árabes, todos de olhos azuis e cara de afegãos. Com esse dinheiro, mantive a produção em segredo na mesma caverna, trezentos e cinquenta metros abaixo da superfície da terra, pois sabia que os norte-americanos só me respeitariam enquanto eu tivesse uma bomba e um bom míssil nuclear.

Mas o general americano, que se intitulava secretário do presidente, queria mais do que um acordo. Eu deveria intermediar a venda de alguns milhões de fuzis, granadas, metralhadoras e outras armas convencionais para uns guerrilheiros na Colômbia, na Venezuela, na África e no Oriente Médio, também deveria enviar armas para os curdos do Iraque. Ele falava em inglês e gritava algo como We need more war. More war is more money. More money we need. Parecia que queria desestabilizar todos os governos do mundo só para ganhar poder e dinheiro.

Para mim, se era dinheiro no meu bolso, tanto fazia. No entanto, perguntei-lhe se as armas eram para matar alguém, e ele disse que sim, somente pobres do terceiro mundo, que, afinal, não eram gente como ele, de raça superior. Eu, como falso Santo, continuei sem me preocupar porque não era mais pobre, só depois lembrei-me que eu era do terceiro mundo.

Aproveitei e desviei uma pequena parte daquela carga para uns traficantes que queriam tomar um morro do Rio de Janeiro. Pagaram bem e pagaram à vista, em dólar. Ofereceram-me coca da boa, vinda da Colômbia, e lhes disse que aquele não era o meu ramo. Meu negócio era só tráfico de armas, concorrências fraudulentas, as Deputadas Abundantes e televisão popularesca que mais iludia que informava.

Naquela noite, antes de dormir, ao abrir a geladeira para pegar uma cerveja, comecei a filosofar enquanto segurava a porta e olhava para o infinito no meio de tantos produtos gelados. Então, eu vi a luz! Não era apenas a luz da geladeira, era também algo mais. Todas as coisas dos últimos anos começaram a rodar na minha cabeça. O pensamento acelerava enquanto juntava o frio das comidas com os frangos congelados que eu vendi, o petróleo derramado com a bruxa dando o seu recado, a cobra grande com o saci, as Deputadas Abundantes com o Mapinguari. Agora eu sabia o que precisava fazer, eu conseguia enxergar, eu tive a grande revelação, eu fui o escolhido! Eu devia dominar o mundo dos Beneditos, meu destino era ser dono do país inteiro. Eu sabia que a mobilidade social no Brasil só existe dentro da mesma classe: a classe dos ladrões e corruptos. Sim, era isso, eu sabia! Aquela luz na geladeira revelou o meu destino. No entanto, havia algo que me perturbava.

O ser disforme aparecia frequentemente e a mim era impossível decifrá-lo. Em todas as vezes que eu tentei atingi-lo e destruí-lo, algo aconteceu que me impediu. Ele deveria estar lá fora, espreitando-me feito a onça em busca da presa. E ele não morria, pior, matou a todos que tentaram comê-lo. E por que me perseguia? Comecei a achar que minha vida estava em perigo, eu não podia sequer contratar um assassino profissional para matá-lo porque não se mata algo que não se conhece. Acreditei que aquele ser disforme vinha o tempo todo me avisar de que eu lhe daria a forma correta.

Eram os Beneditos que me tiravam o sono.

Finalmente eu compreendi que os Beneditos eram os vampiros, os verdadeiros donos do Brasil, tinham os bancos e cobravam juros em tudo, sugando, por estes juros, o sangue dos brasileiros. Sugavam de todas as maneiras possíveis: nos financiamentos dos carros dos assalariados, nos empréstimos aos aposentados, nos financiamentos para as empresas que precisavam de investimentos e de capital de giro, nos financiamentos educacionais e até nos juros que cobravam ao rolar a dívida do Estado brasileiro. Além disso, eram os donos de todas as operações com ações e manipulavam os pregões com o fim de obter mais lucros com os papéis. Sim, os Beneditos sabiam como ser os donos do Brasil, sugavam o dinheiro, a força e a fé do povo. Faziam isso sem esforço e, finalmente, entendi que não bastava ser Santo, precisava ser um Benedito. Naquele instante, eu acabava de entender que vivíamos em uma agiocracia, não podia mais acreditar que o país era uma democracia.

Ao mesmo tempo, apesar de entender a agiocracia brasileira, que vive dos juros e do mercado financeiro, mas ainda injuriado com aquela fazenda que tinha animais da África, pensando em quem eram eles e por que me expulsaram daquele jeito, louco por me vingar, mandei dois capangas lá para saber mais detalhes. Descobriram que a fazenda pertencia ao Benedito. Mas quem será o Benedito? Exclamei pela segunda vez. Algo me dizia que o reinado dos Santos nunca existiu e, concomitantemente, estava chegando ao fim, superava-o o dos Beneditos.

Mas ainda havia muitos Santos pelo país todo e outros poucos Beneditos que me perturbavam.

Aqueles meus capangas que foram investigar aquela fazenda não conseguiram retornar no prazo combinado e me telefonaram, avisando que não havia mais fazenda, nem animais, nem nada. Tudo era apenas um grande campo queimado. Isto me deixou preocupado. Disseram que era impossível, também, voltar para São Paulo porque não podiam levantar voo no monomotor devido à grande quantidade de fumaça no ar pois o Cerrado e a Amazônia queimavam em tudo quanto é canto. Os fazendeiros, os mesmos que botaram fogo na mata, expulsaram os índios, mataram os sertanejos antigos, morriam nos incêndios. A fumaça incomodava e eles não sabiam se conseguiriam voltar. Também ouviram dizer, de novo, que havia muita gente, feito animais, que avançava sobre as fazendas, enquanto desciam para o sul. Diziam que era essa gente que estava queimando as casas e os campos. O exército lutava contra essas pessoas e não conseguia dar conta. Souberam, também, que em algumas cidades pequenas, começaram a ocorrer saques em supermercados. Diziam que era muita gente faminta atrás de comida.

Totalmente sem me preocupar com aquela gente feia e pobre que o exército matava, por fim, se não havia mais nada lá, não havia de quem me vingar. E, para conquistar outra fatia de poder, aceitei entrar no tráfico de drogas. Incorporei como mais um ramo para a minha organização que, àquela altura, faturava mais do que muita indústria importante. Dividi todos os meus negócios ilícitos em setores e acabei formando uma holding, aprendi muito no tráfico, principalmente a colocar os menores de dezesseis anos para cometer os crimes de guerra. Inimputáveis, eles eram as pessoas ideais. Ganhavam pouco, contentavam-se com a fama e o poder passageiros que uma AR-15 na mão trazia e, com menos de vinte anos, já estavam mortos, pois, nesta guerra, o soldado não vive mais do que isso, então, eu não pagava nenhum direito trabalhista, até mesmo porque, quem passasse dos vinte anos, ou sumia do mapa e ia para longe, ou a gente sumia com eles.

E não faltavam crianças para entrar no tráfico, todo dia nasciam aos montes, filhos e filhas de adolescentes sem futuro, que continuavam pobres e ignorantes graças à política educacional que os Santos instalaram no país ao longo dos últimos trinta anos, ou três séculos, ou desde sempre. Tais crianças chegavam nas minhas mãos prontas para tudo. Esse era um ótimo negócio e comecei a perceber que poderia entrar em outras atividades com elas. Enfim, a escravidão nunca acabou no Brasil.

Peguei umas meninas pobres da periferia e lhes ofereci alguns reais em troca de um pouco de sexo, que eu vendia numa mansão para uns vereadores. O negócio começou a melhorar e comecei a vender o sexo de meninas para uns deputados estaduais, prefeitos, deputados federais e até um senador velho começou a aparecer, ávido por meninas de menos de quinze anos. E as câmaras ocultas por toda a casa garantiriam futuras negociações com esses homens de família, também conhecidos como cidadãos de bem e de bens, defensores da moral dos outros e da família alhures.

Aquele senador velhinho safado mal entrava, arrancava as calças mostrando que a pílula azul fazia efeito, e ia atrás da primeira menininha que encontrasse. Era um corre-corre de menininhas fugindo como se fosse brincadeira de pique- esconde, no caso, era pica-esconde. Este negócio eu deixei para as Deputadas Abundantes agenciarem, elas eram de total confiança. Além de conhecerem os clientes desde que passaram por Brasília, espalhando nossas casas de diversão pelo país.

A cada dia, eu conseguia aumentar minha fortuna e meu poder para enfrentar os tais Beneditos, eles que esperassem, porque eu, como falso Santo iria mostrar-lhes quem mandava, não eram os Santos nem Beneditos, mas eu, somente eu. O maior de todos os Zé-manés.

Nessa minha jornada rumo ao poder absoluto, eu não podia contar com aquela casa enorme que surgiu no meio do morro de um dia para o outro. Quem construiu aquilo no meio da minha favela predileta? Uma casa com dois andares e dez janelas na frente obrigou-me a ir até lá para saber quem fez aquilo. Indignado, subi as vielas e escadas do morro, afinal, eu mandava nas pessoas que mandavam ali. Não autorizei que se construísse qualquer coisa no nosso observatório. Enquanto eu subia, as pessoas saíam às janelas e às portas apenas para me ver passar e exclamar: "O Santo chegou! O Santo chegou!" E os meninos com seus fuzis prestavam reverência, os homens mais velhos também, alguns até se ajoelhavam à minha passagem. Formaram uma fileira na entrada daquele prédio enorme, onde me reverenciavam à esquerda e à direita, pensei que faltou a banda de música.

Na frente do prédio, li a placa "Centro Cultural do Morro" e fiquei mais indignado ainda! Que coragem é essa de falar de cultura por aqui? Lá dentro, diversas salas de aula, onde os professores ensinavam as crianças a ler, a escrever, a fazer artes plásticas, música, dança, teatro e poesia. Logo eu, que detestava poesia, vendo aquilo! Uma tal Organização Não Governamental queria acabar com a pobreza e a ignorância das crianças. Um absurdo! Eu tinha que dar um jeito de acabar com esta ONG, então, mandei lá um cara bom - destes que matam primeiro e nem perguntam depois - para dar um jeito no tal presidente da associação. Meu capanga foi e nunca mais voltou. Mandei outros homens que também não retornaram. Tinha coisa errada aí e fui eu mesmo conhecer o presidente da ONG com a intenção de lhe dar um ultimato.

Cheguei àquele casarão no meio dos casebres e bati à porta. Perguntei, educadamente, pelo presidente da ONG e me indicaram a sua sala, a primeira à esquerda após subir a escada. Ao chegar, olhei pela porta e vi um senhor bem velho, magro, de longas barbas brancas, sentado, usava uma velha bermuda vermelha e uma camiseta verde e vermelha, e pensei que não era possível que aquele velhinho fosse o dono, parecia mais um Papai Noel desidratado.

Eu sabia o que deveria fazer, saquei a arma e atirei no velhinho, descarreguei tudo, sempre mirando a cabeça. O fato é que as balas pareciam ter saído do filme Matrix, deu para ver a curva que fizeram, o velhinho só estendeu a mão e elas pararam no ar, aí ele deu um peteleco em cada uma delas que voltaram na minha direção, esquivei-me e atingiram a parede atrás de mim. Agora, o ser disforme não aparecia para me salvar daquelas balas.

Decidi fazer o serviço com as próprias mãos e tentei entrar, mas não passei da porta, parecia haver alguma barreira invisível impedindo-me, eu socava o ar e sentia minha mão batendo em alguma coisa dura, como se houvesse ali uma porta, pensei que fosse um vidro ou uma outra coisa invisível, mas duas crianças passaram ao meu lado e entraram para receber os cumprimentos do velhinho, que as afagou. Achei que a tal barreira tivesse sido desligada, tentei de novo e não consegui entrar, bati a cara numa superfície dura e áspera novamente, e vieram outras crianças, elas entravam e saíam tranquilamente e eu não conseguia nada, o que estava havendo?

O velhinho me viu e sorriu. Quando uma criança saiu, eu lhe perguntei como ela conseguia entrar, na sua ingenuidade, me disse que era assim, e entrou e saiu, e, novamente, eu tentei e não passei pela porta. Será que só as crianças conseguiam?

Logo veio uma secretária de meia idade que também passou pela porta. Quando ela voltou, parei-a e lhe perguntei o que acontecia que eu não conseguia entrar e ela me disse que somente aqueles que tinham coração puro podiam entrar, pessoas ruins, como eu, não.

Aí eu fiquei louco. Liguei para o meu quartel general e chamei todos os meus homens disponíveis. Pedi a todos que atravessassem a porta e nenhum conseguiu. Todos bateram com a cara na parede invisível, alguns fizeram o sinal da cruz, outros fizeram um sinal de negativo, e todos viram as crianças passando, a senhora passando e o velhinho lá dentro. Só aí eu soube que, aqueles que não voltaram para me avisar, tinham fugido porque não sabiam como me dar aquela notícia.

Mandei que todos trouxessem as granadas, os fuzis e as metralhadoras. Chegamos em frente à casa, mandamos todo mundo sair, foi um corre-corre danado de crianças, mães e voluntários, essa gente que insiste em consertar o mundo de graça pelo prazer da solidariedade. Só o velhinho ficou. Começamos a destruir aquela mansão, atiramos com os fuzis e as metralhadoras no velhinho que se estilhaçou em milhões de pedaços, depois, jogamos granadas e enfiamos dinamite nas fundações e explodimos tudo, não sobrou tijolo em pé nem velhinho feliz para contar a história. Pronto, aquela parte estava acabada e esperei nunca mais ver aquele Papai Noel desidratado. Quem estava lá embaixo na cidade achou que havia uma festa com fogos de artifício no morro ou que acabava de chegar droga da melhor qualidade.

No dia seguinte tudo estava em pé. Não era possível! O Papai Noel desidratado continuava no seu quarto e a mansão, ainda mais bonita, estava repleta de crianças. E outra vez dei de cara com aquela barreira invisível.

Novamente, chamei meus capangas, munidos de toneladas de dinamite e granadas. Expulsei todo mundo e mandei explodir de novo, e de novo e por vários dias e o prédio reaparecia construído sozinho toda manhã. Na sétima noite, fiquei acordado por toda a madrugada vendo tudo destruído para ter certeza de que ninguém reconstruiria aquele prédio onde gastamos mais da metade de todo o arsenal que eu possuía guardado. Vigiei a noite inteira e, acreditando que finalmente eu vencera, veio a alvorada e, o belo sol que nascia, ofuscou a minha vista no primeiro raio da manhã. Quando passou o ofuscamento, ao olhar para frente, tudo estava reconstruído e o Papai Noel desidratado, Tarzan depois da vigésima gripe, estava lá sorrindo.

Claro que eu queria acabar com aquilo, era um absurdo, alguém estava querendo fazer alguma coisa boa para as crianças do país, se isto se espalhasse, logo não haveria mais como eu enganar tanta gente e manter o meu poder. Tem sido muito difícil para o Ministro da Educação, colocado lá pelo presidente pateta, acabar com todo tipo de ensino público. O ministro que é mau e mal educado, está enfrentando muita resistência para acabar com as escolas e universidades públicas e manter a ignorância reinante no país. Para que essa gentalha quer aprender? Se aprenderem, começarão a pensar e estragarão o fantástico projeto vencedor da elite de manter o povo burro.

Cansado de tanto destruir aquele centro cultural, tive de deixar o problema para outro dia porque fui convidado para a festa de casamento da filha do Santo Coronel da Aeronáutica, naquela mesma noite em Brasília. Eu tinha de pegar o meu jatinho particular para chegar a tempo. Ela se casaria com o filho do Benedito do Banco. Que grande oportunidade! Eu poderia conhecer os Beneditos e descobrir os caminhos para ter o meu próprio banco espoliador de brasileiros.

A minha grande intenção, além de ser o dono de tudo, era, em conjunto com os Beneditos, conseguir o melhor do capitalismo: socializar todos os prejuízos e capitalizar todos os lucros, o suprassumo do neoliberalismo!

Coloquei meu melhor terno e fui ao enorme salão na beira do lago Paranoá, construído exclusivamente para a festa fantástica. Lá, deparei-me com todos os Santos, donos do Brasil, e me alegrei quando também avistei os Beneditos, estes estavam ao lado dos Santos e compreendi que havia já um projeto de união de partidos dos Santos com os Beneditos, Essa situação me acalmou um pouco, percebi que todos os meus negócios ilícitos, conquistados nos últimos anos, teriam uma chance de progredir infinitamente, desde que, é claro, ninguém descobrisse que eu era um Zé Mané disfarçado de Santo com intenção de ser Benedito.

O Coronel me apresentou sua filha e vi que ela era uma moça amiga da minha ex-namorada. Se eu soubesse disso, tinha dado em cima dela e me saído melhor bem mais cedo, só que o noivo era aquele ex-capoeirista que tentou me matar uma vez. Agora ele não poderia fazer nada contra mim e temi que, no futuro, ele interferisse nos meus negócios. Vi que um dos padrinhos era aquele terrorista mais loiro, mais alto e mais magro. Parece que me reconheceu, mas se calou porque, agora, percebeu que eu também estava circulando tranquilamente entre Santos e Beneditos.

Também encontrei aquele ex-artista. Depois daquela festa em que ele quase me matou, e das consequências daquela bebedeira, quando foi abusado sexualmente por outros homens - más línguas me disseram que o que lhe aconteceu foi algo que, apesar de não admitir, sempre quis. Virara pastor após passar pela cura-gay e, agora, tornou-se muito amigo meu, ganhando seus milhões com as igrejas que lhe permiti abrir. Eu não tinha certeza se a tal cura-gay era eficaz pois me gerava desconfiança aquele adolescente afeminado que o acompanhava.

Durante a festa, eu conheci um senhor grande, branco, de olhos azuis esbugalhados e bem gordo, era um Benedito dono do banco em que eu tinha minhas contas sujas e, ao saber meu nome, começou a tratar-me muito bem. Talvez porque soubesse algo que eu não sabia, talvez porque se lembrasse da movimentação bancária que as minhas empresas ilegais faziam em seu banco, trazendo-lhe enormes lucros pois meu dinheiro ficava parado em diversas aplicações, centenas de contas para despistar e outras coisas mais. Como sempre, estava acompanhado de um juiz do Supremo Tribunal, fazendo-me desconfiar de que, para me tornar Benedito, também era necessário o apoio do Judiciário. Conversando com eles, finalmente comecei a costurar uma aliança com os Beneditos. Ficamos de acertar como seria nosso negócio bancário, um novo banco na praça, prontinho para roubar, pelos juros, toda a energia vital dos brasileiros. Comecei a entender que os Beneditos estavam todos nessa festa, os Beneditos não eram mais do que vinte pessoas ou famílias, eram os maiores e mais ricos do país. Entendi que os Beneditos eram os maiores e que os Santos, não mais do que 10 mil pessoas ou famílias, eram os segundos na escala de poder. Também entendi que o tão propagado "mercado" do qual tanto se falava na televisão e na imprensa, nada mais era do que aqueles poucos biliardários que dominavam o dinheiro do país.

Nessa festa, alguém comentou sobre aquele fato ocorrido em que o populacho se revoltou contra os donos da cidade, e que o mesmo aconteceu em alguma outra vila perdida do interior do Brasil. A população perdeu a cabeça, destruiu a cadeia e libertou todos os presos, avançou para a prefeitura, quebrou tudo e prendeu o prefeito, caçou os vereadores, matou juízes e policiais, igual ou pior ao que aconteceu na outra cidade. A diferença, segundo o Benedito que me contava a história e por isso ele estava muito bravo, é que quebraram e saquearam o banco, que era dele. Questionei mais sobre esse assunto e lhe contei a experiência que tive na fazenda no meio do Cerrado, obviamente, omitindo algumas informações preciosas. Senti medo e preocupação em algumas pessoas, outras estavam revoltadas, alegavam que gastaram muito comprando policiais, delegados, juízes, traficantes e demais garantidores da lei e da ordem para saber a notícia da baderna e que eles não conseguiam conter o povinho. O povo não poderia ficar sem controle policial militar.

Mas como eu não podia ficar numa festa sem arrumar um desafeto, mesmo sem querer, querendo, arrumei confusão. Um sujeito achou que eu estava olhando para a mulher dele e, realmente, estava. Afinal, aquela não era uma mulher comum, era um fenomenal monumento à beleza. Enquanto eu conversava com ela e pegava o seu número de telefone no deck da casa, à beira do lago, o tal sujeito veio tirar satisfação com muita avidez, precisei apenas desviar-me para o lado e, com um pequeno e providencial empurrão, ele caiu no lago Paranoá com a delicadeza de um leão-marinho de 260 quilos. Os seguranças da festa vieram para socorrê-lo e eu saí ligeiro pela primeira porta que encontrei, passei por um corredor apertado, desci uma escada estreita e cheguei em mais uma porta. Os seguranças que estavam ali, nada perguntaram e nada sabiam do ocorrido lá no salão, ainda assim, não me deixaram entrar. "Para entrar aqui, só pelado", disse-me o guarda-costas de dois metros e vinte de altura e duzentos e vinte quilos de músculos. Indicou-me um quartinho, despi-me diante de uma bela moça nua que recolheu minhas roupas e me deu uma pulseira especial para que eu pudesse recolher minhas vestes na saída. Primeiro, entrava-se por uma porta aveludada, vermelha, chão acarpetado, seguindo um corredor de cinco metros até acessar um grande salão subterrâneo. Lá dentro rolava a maior festa do cabide, todos os mais importantes políticos, juízes e magnatas do país na maior sacanagem com mulheres belíssimas, cheirando todas as drogas ao som mais alto, espalhando-se pelos sofás em grupos de cinco ou seis pessoas, onde não se sabia qual era a perna ou o braço de quem. Por sorte eu havia trazido minha microcâmera espiã (não queira saber onde ela estava escondida) e fotografei todo mundo, aquilo poderia ser muito útil no futuro. No meio daquela suruba total encontrei o pai do noivo junto ao pai da noiva, misturados com outras mulheres e homens. Só vi os rostos porque não consegui identificar o que era perna, o que era braço, o que era pinto ou que era xereca de quem no meio da confusão de corpos se mexendo pelo chão, pelo sofá ou pela mesa. Não sei por que me lembrei de um vídeo de um ninho de cobras. Aquela festa se assemelhava àquilo, dada a quantidade de corpos se abraçando e se esfregando um por cima do outro.

Para minha infelicidade, a mulher monumento não se encontrava na gigantesca orgia. Temendo que o marido viesse atrás de mim e, após registrar tudo que me interessava, esquivei-me do meio daquela gente nua e drogada. Saindo à francesa, peguei minhas roupas, discretamente, com aquela moça bela, simpática e cansada de ver gente pelada. Enquanto me vestia, pedi a ela que desse uma voltinha para meu deleite pessoal, assim poderia ver sua bunda, motivo pelo qual levei um belo tapa na cara e um chute no saco que me derrubou e amoleceu o meu pinto. O segurança gigante riu da minha cara. Dolorido, andei até uma pequena porta onde fui dar, melhor dizendo, cheguei nos fundos do salão de baile por que eu nunca fui dar em lugar nenhum. Eu nunca dou nada, eu só tomo. Subi uma escada e estava ao lado da casa. Esgueirei-me pelo mato, bem rente à parede, chutando algumas baratas e uns ratos que passavam ali. Dei a volta na construção e retornei ao estacionamento. Decidi que não poderia ficar sem a mulher monumento e fiz uma pequena armação. Peguei o meu carro, que agora não era mais um fusquinha, mas uma cabine dupla avantajada e blindada. Liguei o veículo e avancei com ele em direção à porta de entrada, grande o suficiente para passar aquele mostrengo. Entrei no salão fazendo barulho, derrapando e fazendo círculos no chão. Todo mundo se assustou, tomei a mulher monumento, subi e desci as escadas com o carro, dei ré, passei por cima de algumas mesas e saí da festa de casamento sem comer o bolo. Levei a mulher monumento para o motel mais distante e passamos a noite inteira juntos. Além de muito bela, algo tinha de encantamento que me deixou preocupado. Seria isso o que se chama de amor? Ou seria apenas um tesão tão grande que me deixava com muita vontade de repetir tudo? Conversamos durante muitas horas ainda até amanhecer. Ela me disse que eu precisava mudar e que ela poderia fazer-me verdadeiramente feliz. Não entendi bem, pois se havia coisas que eu não procurava eram, certamente, as da imaginação como amor e felicidade. Mas o desejo que ela me causava deixou-me totalmente maluco e quase me esqueci que era domingo. Um telefonema de um grande Santo no Rio de Janeiro tirou-me daquele torpor e me fez voltar à necessidade de partir. Chamei o meu piloto que veio voando para me levar ao aeroporto. Deixei a mulher pular, de dentro do meu helicóptero, de paraquedas no lago Paranoá com a promessa de que eu a buscaria em outra oportunidade.

O telefonema recebido me lembrava que eu deveria ir ao Rio de Janeiro porque aconteceria o melhor jogo de futebol do mundo.

Fui ao estádio para assistir à final do campeonato brasileiro entre Flamengo e Corinthians. Maracanã lotado, jogo muito importante. Lembrei-me de ir ao vestiário rubro-negro e exigir que o time do Corinthians ganhasse, expliquei bem a um dos jogadores do Flamengo que ele ganharia dez milhões de reais para deixar o Timão vencer no último minuto num pênalti besta que ele cometeria. Deixei cinco milhões adiantados e fui ver o jogo. Conversei com o juiz do campo, lembrando-o das vezes que eu o ajudei financeiramente. Queria garantir a minha aposta.

O jogo não chegou ao final, aos trinta minutos do segundo tempo, ainda no zero a zero, o estádio começou a tremer. Inicialmente, pensei que fosse com o barulho das duas torcidas, mas o centro do gramado começou a inchar, formando uma grande bolha que, em vez de estourar, começou a desmoronar a partir do centro, invertendo-se em um buraco gigante. Os jogadores correram para o lado e, curiosos, foram se aproximando para ver o que era aquilo. Repentinamente, do buraco, surgiu a cobra grande, aquela que vivia no rio Amazonas e que estava adormecida por séculos nas entranhas da terra. Saiu no meio do Maracanã de onde veio um cheiro insuportável de enxofre e agrotóxicos em uma grande nuvem amarela. Pensei algumas teorias para ela chegasse ali. Talvez ela não tenha aguentado o nível de contaminação da terra. Com certeza, o solo estava saturado com uma química insuportável dos agrotóxicos liberados deliberadamente pelo ministro do presidente pateta.

Ao sair do chão, a cobra devorou todos os jogadores que estavam em campo, o juiz, bandeirinhas, gandulas e repórteres. Depois, avançou para a torcida e o corre-corre e deus-nos-acuda geral fizeram com que muita gente fosse pisoteada.

Ela subia os degraus do estádio devorando a todos. Seus olhos brilhavam feito gigantescos faróis, hipnotizando os torcedores. De suas glândulas, o veneno espirrava causando mortes dolorosas em quem era atingido. Alguns eram engolidos enquanto faziam suas transmissões ao vivo, outros viravam pastel de gente esmagada pelo peso da cobra e tudo se transformou em caos. Percebi que eu deveria sair dali de algum jeito senão seria devorado também, vi a oportunidade e subi na antena de televisão do estádio, cheguei no telhado e esperei o máximo possível, quando a cobra passou por perto, abaixo de onde eu estava, pensei que o único lugar em que ela não me veria era em cima dela, então, eu saltei na sua cabeça. De tão enorme, ela nem sentiu que eu segurava na beiradinha de sua cavidade ocular.

De repente, a cobra gigante de mais de duzentos metros de comprimento e cinco de diâmetro voltou a cavar um túnel e se enterrou. Como eu também estava embaixo da terra, vi que se locomovia por gigantescas cavernas, por enormes galerias e alguns poucos túneis cavados por ela mesma. Pensava se ela era uma cobra grande ou uma minhoca gigante. Respirando a nuvem tóxica subterrânea, eu estava quase desmaiando quando ela saiu da terra mais uma vez. Aproveitei a oportunidade e saltei, agarrando-me num galho de uma árvore próxima para não cair com tudo, enquanto a cobra voltava para o fundo da terra. Fiquei pendurado cuspindo barro, envolto numa casca de lama. Caí e encontrei um pequeno riacho para me lavar. Depois, encostei-me de volta na árvore para descansar um pouco, tirei um cochilo rápido, não mais que meia hora e, quando acordei, senti um enorme peso nas costas, como se eu carregasse um elefante. Pensei tratar-se apenas de cansaço físico e não dei bola naquele momento.

Percebi logo que eu estava em Brasília novamente e não perdi tempo. Lancei o projeto de construir o primeiro metrô entre Rio de Janeiro e Brasília. Negócio de milhões de reais que seriam muito úteis para o meu bolso.

Continuava sentindo aquele peso nas costas e não fazia ideia do que podia ser até a hora em que me olhei no espelho do banheiro e vi um ser estranho grudado em mim. Tomei o maior susto. Eu me virava para olhar e não via nada, mas, no espelho, via o ser. Era um homem velho, praticamente em pele e osso, pesando nas minhas costas e dificultando meus movimentos. Filmei com a câmera do celular e ele não aparecia na tela, eu só o percebia no espelho. Lembrei-me imediatamente do corpo-seco e soube que estava com um encosto. Comecei a falar com ele esperando uma resposta. Finalmente, ele me disse que eu precisava levá-lo de volta à sua fazenda em Guaratinguetá, queria descansar em sua própria terra. Perguntei-lhe se estava morto, ele disse que sim e não, estava morto e vivo, morreu em 1888, no dia em que soube da abolição da escravatura, não poderia mais punir os seus escravos e torturar as crianças. Virou corpo-seco porque cometeu o maior de todos os pecados em vida: bateu na própria mãe até ela morrer. Por isso, foi amarrado em uma árvore, deixaram-no abandonado para que os bichos o comessem, os fluidos corporais saíram, penetraram o solo e mataram a árvore. Ao final, ele secou ao sol. Nenhum animal ou verme quis comê-lo, de tão ruim que era a sua carne, transformou-se em um corpo mumificado que vagava até hoje pelo mundo. Quis saber por que só eu conseguia vê-lo e ele me disse que eu devia ser tão ruim quanto ele foi, só os maus se veem e se reconhecem e ele só podia ser atraído pela maldade, a bondade só o afastava. Conversamos por um bom tempo em que eu tentava descobrir como me livrar dele, dessa conversa saiu que ele gostava de pinga e encontrei uma garrafa no meu bar. Dei-a a ele, que a sorveu com gosto. Bebeu tudo como nunca tinha feito quando era vivo e, depois, dei-lhe um uísque paraguaio e uma vodca polonesa, bebia com gosto, encharcou-se, já não era mais um corpo tão seco e, de tão bêbado, perdeu a força e caiu. Aproveitei a peneira do saci e a coloquei em cima dele, prendendo-o.

Resolvi sair de casa para evitar que ele me pegasse de novo, confesso que fiquei bolado com esta história de que os maus se reconhecem, aquela bruxa que entrou na minha casa tinha falado coisas que eu não podia acreditar, agora este corpo-seco veio para me dizer que eu era ruim.

Segui em frente com todos os meus planos. O negócio do metrô Rio-Brasília foi sensacional. Em poucos meses, acumulei tanto dinheiro e poder que ninguém mais podia se igualar a mim nesse país. Era uma daquelas obras eternas, um sumidouro de dinheiro público direto para os meus bolsos. A aliança com o

Benedito, o banqueiro, rendeu-me muito know-how em extorsão legal por meio de juros. Em pouco tempo, estava com o meu próprio banco, maior do que os outros juntos. Emprestava a juros para muita gente. Eu estava muito mais rico do que foi o Matarazzo no início do século XX. Minha fortuna era maior do que a dos banqueiros, maior do que a do fabricante de xixi de milho, maior do que qualquer outro nesse país, enfim, eu havia superado todos os Santos e todos os Beneditos.

O presidente pateta ajoelhava-se cada vez que me via (menos em público), os senadores e deputados beijavam minha mão e pediam minha ajuda em tudo quanto é projeto, afinal, eles sabiam que, além de dinheiro, eu tinha fotos, vídeos e papéis que derrubariam qualquer um em horas. Os traficantes das favelas me reverenciavam porque eu consegui fazer com que seus negócios crescessem, os grandes pastores milionários me convidavam para bacanais em suas mansões. Todos os empresários brasileiros e muitos estrangeiros queriam vender para as minhas empresas. Artistas da televisão e do cinema queriam ser meus amigos. Só aquele Papai-Noel desidratado era um pedrisco no meu sapato. Ainda não conseguia engolir aquela afronta.

Mais uma vez, acordei durante a madrugada na minha mansão e comecei a pensar na minha vida. Pensei em tudo o que aconteceu, desde a minha concorrência de frango congelado, na aliança com os Santos, na tecnologia que me ajudava a enriquecer via negócios rápidos nos bancos dos Beneditos, com números que não existiam na realidade, na política ajoelhada a meus pés, no povo imbecilizado pela má educação secular brasileira, aliada à fábrica de imbecis produzidos pela internete e pela televisão. Pensei em bastante coisa da minha vida e do meu país, fiz um balanço geral de tudo e concluí que eu conseguira o meu sonho de menino, quando roubei goiabas e apanhei. Tornei-me o homem mais rico do Brasil, o dono de todo o poder, capaz de comprar qualquer pessoa ou empresa deste país, exceto aquele maldito Papai Noel desidradatado. Agora eu estava entre os mais ricos do mundo, eu tinha mais riqueza que todo o resto da população brasileira, eu, sozinho, era dono de mais de metade da riqueza do país. Minha fortuna só era menor que o PIB do Brasil.

Precisava comemorar, dar um tempo, tirar umas pequenas férias escondido e fingindo-me cidadão de bem, um cara comum. Aí me lembrei da mulher monumento, passei-lhe mensagens e fui à sua casa na hora em que o marido ciumento não estava e sequestrei-a para passar as minhas férias em Recife. Não sei se posso dizer sequestro quando algumas dezenas de milhares de dólares estavam envolvidos e depositados na conta bancária dela. Aluguei um belo e enorme chalé na praia, com vários cômodos, de frente para o mar, paguei com o dinheiro arrecadado em vários dos meus negócios ilícitos. O chalé possuía uma grande sala com piso de madeira encerada, afastamos todos os móveis e a minha bela acompanhante dançou um strip-tease à maneira de Mimi, de Lua de Fel do Polanski. Ao final de tão excitante apresentação, transamos loucamente ali mesmo.

Naquela madrugada, levantei para ir ao banheiro e tomar um copo d'água e observei na metade da parede daquela sala, oposta à qual se entrava, onde se iniciava o corredor que dava para os quartos, um movimento minúsculo e, logo no primeiro quarto, quando abri a porta, vi três camundongos pequenos que tentaram esconder-se no guarda-roupas. Chamei o bichano que pegou o primeiro deles quando abri a porta do guarda-roupa. O segundo foi caçado na sequência e o terceiro correu para a grande sala. Peguei meu chinelo e arremessei, quase atingindo-o, corri para pegá-lo, pois o pequeno ratinho tentava enfiar-se por um buraco, o gato também foi atrás, e eu fui mais rápido, atingi o animalzinho com o outro chinelo e ele ficou atordoado, foi fácil para o gato pegá-lo. A partir daí algo mais estranho aconteceu: daquele buraco dos camundongos, saiu mais um ratinho, o gato tentou pegá-lo, mas outros ratinhos vieram e, de repente, havia mais ratos do que gato, em quantidade e volume, e os ratos atacaram o gato, mataram-no, dividiram-no e o levaram para aquela toca. Aquilo foi muito estranho.

No carnaval daquele ano, começou a chover por todo o país. Aquela chuva foi muito bem-vinda pelos foliões do Bloco do Paulista Careca que cantava "Atravessamos o metrô da Barrafunda, o Sol estava quente e queimou a nossa banda".

Eu preferi o carnaval carioca, mais quente, mais suado e com mulheres maravilhosas seminuas com seios de fora, fui pulando sem parar por três dias e três noites, todavia, quando me dei conta estava no meio do Trio Elétrico da Ivete, lá em Salvador. Continuei pulando quando parei na esquina das Ruas Divinópolis e Paraisópolis lá em Belo Horizonte e bati a cabeça na placa dourada do clube da esquina.

Aquela chuva persistente durou quarenta dias como se fosse o dilúvio do Noé sem arca da aliança. Que hora é essa que São Pedro resolve mandar tanta água? Um estranho fenômeno mundial porque choveu só no Brasil durante esse tempo. O resto do mundo ficou na seca. Por um lado, foi bom porque encheu todas as represas do país e não ficaríamos sem energia elétrica, por outro, foi péssimo porque foi logo depois que o meu grupo comprou a Eletrobrás, após muito tempo de luta para conseguir privatizá-la, comprando muitos deputados, senadores, ministros e o presidente pateta.

Eu precisava ir para o Rio de Janeiro, mas, com tanta chuva, eu não queria me arriscar a viajar de helicóptero e segui em meu carro blindado super SUV da última geração, que parecia um tanque de guerra. Foi o que me salvou quando passei por Minas Gerais e o carro foi levado pela enchente justo na hora em que eu passava por uma grande estrada. Eu devia ter pensado melhor no caminho pois eu sabia que a empreiteira que contratei havia feito uma ponte muito sem vergonha que, na certa, não resistiria ao volume d'água.

Meu super SUV foi boiando pelo rio, com tudo fechado e blindado, eu via mato, jacaré, gente e outros carros sendo arrastados. Ele submergia e emergia, felizmente, era a prova d'água, meio submarino, mas como eu não podia ligar o ar-condicionado, percebi que eu poderia ficar sem oxigênio para respirar. Durante as duas horas seguintes entrei em pânico e só me acalmei ao ver a sereia mais linda do mundo, sem dúvida, era a Iara. Eu a vi nadando na correnteza e ela bateu no vidro da frente, parando com seus belos seios bem ali e me olhou com belos olhos a me encantar. Seu corpo de sereia era perfeito da cintura para cima, da cintura para baixo, sua pele não era de escamas de peixe, parecia mais uma pele de cobra, lembrando umas calças de couro que vemos por aí. O fato é que ela me enfeitiçava e me chamava para fora e eu queria possuí-la sexualmente. Tentei abrir o vidro do lado do passageiro para ela entrar, o computador travou e o vidro não abaixava. Talvez isso tenha me salvado da morte certa nos beijos da Iara e, de repente, num solavanco, o veículo acabou sendo arremessado pela força da água para fora e, na curva do rio, a sereia se foi. Recuperado do transe hipnótico daquela aparição, aproveitei para colocar tração nas quatro rodas e escapei da enchente parando em frente a um barranco.

A terra foi ficando muito encharcada e começaram deslizamentos aqui e ali. Estranhei que o barranco começou a se mexer e desconfiei da minha sanidade mental. O barranco sumiu e pude ver o final de algo que parecia ser o rabo da cobra gigante.

Retomei o percurso, apesar da chuva. Ao passar próximo ao Dedo de Deus, pareceu que a montanha fazia, para mim, o gesto estadunidense com o dedo do meio. Sabia alguma coisa, aquela montanha, que eu ia ao Rio de Janeiro tratar de fazer avançar o meu grande projeto de privatizar a entrada nas praias cariocas? Os cariocas precisavam acreditar que a privatização das praias era a única maneira de acabar com os arrastões.

Aquelas águas de março levaram pau, pedra, o fim do caminho, um resto de toco, e fecharam o verão. O Brasil inteiro foi lavado. Ao final de quarenta dias de chuva intensa, tudo estava alagado. A prefeitura de São Paulo abriu licitação para contratar ônibus e trens de metrô capazes de transitar dentro da água e estava definindo uma linha regular de submarinos que circulassem por toda a extensão dos Rios Pinheiros e Tietê. Misturaram-se as águas dos rios com as águas das estações de tratamento de esgoto, com as águas que lavaram o chão das fazendas cheias de agrotóxicos, com as águas dos pastos, onde bovinos, caprinos, suínos, equinos e aves, tratados com hormônios e vacinas, defecaram, com as águas das ruas das cidades que continham restos de comida, de lixo, de excrementos de cães, gatos, ratos, pombos, gentes e outros animais. Todas as águas de todos os tipos de sujeira e de componentes químicos se misturaram numa água só pelo país inteiro. Apesar de tanta inundação, nada havia de água nas torneiras. Todos eram obrigados a comprar água mineral ou ferver mil vezes a mesma água até ficar razoável para beber. Ninguém escapou de ter algum contato, quem não bebeu, pisou, se encharcou, tomou chuva ou se molhou de alguma forma.

Então, ao final dos quarenta dias, abriu um grande sol e veio a evaporação de tudo durante os dias seguintes. Convenceu-se o presidente pateta a decretar uma semana de feriado para colocar ordem na bagunça que ficou. Era lixo plástico espalhado por todo lado, sofás, geladeiras, tocos, pedras, matos, terra de barranco, carros virados nas enxurradas. Quem nada tinha, perdeu tudo, e quem tinha tudo, perdeu nada. O povo, feliz de ver o sol, saiu às ruas e foi às praias e às praças. Muitos, esquecendo-se dos seus preconceitos cristãos, despiram-se totalmente para receber o sol nas partes íntimas que já estavam acumulando fungos de tanta umidade. No primeiro dia, foram alguns, à medida que a semana avançou, com o calor insuportável pelo país inteiro, cada vez mais gente, vendo que outros ficavam nus, também se despiam. Nas praias, muita gente ficava totalmente nua, tornando impossível à polícia coibir esse comportamento. Passava na televisão, mostrava-se na internete e se falava no rádio. No final de semana seguinte, a população desbundou geral. Nunca se tinha visto tanta gente nua nas praças, cachoeiras e praias. Com a temperatura batendo mais de 40 graus até de madrugada, evitavam-se roupas inclusive à noite. Ficou comum andar nu por todo lugar. Aquele era um momento de confraternização nacional e fui tomar sol com o povo no Parque da Cidade. Ninguém sentia vergonha de si ou das vergonhas dos outros e nem se escandalizava com as pessoas que estavam fora da forma considerada ideal. Durante sete dias seguidos, o país retornou àquele que os portugueses encontraram na sua chegada, todos eram de bons rostos e narizes, andando nus sem nada para cobrirem as vergonhas. Se ressuscitasse o Pero Vaz, ele reconheceria que ainda estava na terra de Santa Cruz. Estranho era ver a pessoa pelada com a cara vidrada na telinha do telefone, todo mundo mandou nudes para todos naquela semana. Não se sabe se era a nudez atiçadora, se era o calor, se era o momento de confraternização. O fato é que, na ocasião, acabou o estoque de camisinhas no país.

Calhou que o feriado prolongado acabou no domingo e, na segunda-feira, ao sair de casa pela manhã, percebi que o sol não havia aparecido e vi no relógio que eram oito e meia. Uma penumbra estranha começou a se aproximar e entrei com o carro na avenida sombria. Ao acelerar um pouco mais, o vidro começou a ficar cheio de manchas pretas e me dei conta de que eram mosquitos, milhares, milhões, bilhões, trilhões! Pernilongos dos mais variados tamanhos e espécies, Aedes, Anopheles e outras.

Peguei a minha roupa de Neoprene, vesti imediatamente para não ser atacado. Besuntei meu rosto com uma boa quantidade de repelente e ainda usei uns óculos de natação, uma máscara de motociclista e outra hospitalar para evitar inspirar ou engolir mosquitos.

As pessoas desprevenidas estavam sendo quase literalmente devoradas vivas por milhões de pernilongos. Minhas secretárias não podiam trabalhar, meus cúmplices políticos estavam todos ocupados fugindo de pernilongos e aquela semana da praga dos mosquitos foi a pior de todas que tivemos notícia. Com o calor, as baratas saíram dos bueiros e de todos os esconderijos, viam-se tapetes marrons delas pelas ruas, todo mundo se fechava em casa, tapando todos os buracos para evitar a entrada daquelas pragas. Ninguém entrava e nem saía, exceto nos casos de extrema emergência.

Depois disso, a estiagem veio com força. Se os quarenta dias de chuva destruíram muitas plantações, os quarenta dias de seca, com sol de mais de 40 graus até no Rio Grande do Sul, queimaram o resto que havia sobrado. Um mormaço infernal por todo o território brasileiro, nada de vento. No mar, não havia onda, a maré subia e descia e tudo continuava parecendo uma piscina. Os surfistas ficaram esperando ondas por semanas sem sair do lugar. Uma massa de ar quente permaneceu sobre o país assando todo mundo. A nudez continuou prevalecendo, mas não causava mais tesão. Quem morava no litoral, pelo menos já estava salgado e temperado para o que estava por vir e que ninguém esperava. O clima ficou louco e comecei a desconfiar que os cientistas estavam certos quanto à história do aquecimento global. Aquele petróleo que vazou secava e formava placas pretas muito fortes e pegajosas. Os insetos não resistiram e voltaram a se esconder nos cantos escuros. Não havia poças d'água para a reprodução de mosquitos. O solo rachava e o calor penetrava cada vez mais fundo. As plantações de milho, soja, feijão e arroz transgênicos não resistiram ao calor, assim como todas as outras. Os preços subiram e a fome começou a bater no país nos lugares mais desprovidos de alimentos.

Ouvi de um dos meus companheiros da política que algo muito grave aconteceu numa cidade pequena do meio do Brasil. Um grupo de pessoas soltou todos os seus instintos animais e destruiu a prefeitura, matando o prefeito, que virou churrasco. Depois, destruiu a câmara dos vereadores, matando os vereadores, que viraram churrasco. Não satisfeitos, continuaram a onda assassina e mataram os juízes, que também viraram churrasco. Invadiram a casa do homem mais rico daquela cidade, um fazendeiro descendente de um dos donos de uma das antigas capitanias hereditárias, que também virou churrasco. Depois, obrigaram todos da cidade a ficar do lado deles. Ensandecidos e satisfeitos da carne humana apreciada, saíram da cidade e tomaram a estrada. Disseram que o exército estava atrás do grupo. Pensei por alguns segundos sobre esse acontecimento estranho, mas não dei bola para aquilo e achei que de loucura já bastava a minha. Continuei ganhando meu dinheiro desonestamente na minha nova posição de deputado federal, agora, um legítimo Santo porque, se não era, fingia ser.

A seca seguia firme, o povo seguia cada vez mais faminto. Começaram a acontecer alguns saques nos supermercados das periferias das grandes cidades. Arrastões com mais frequência nas praias, gangues assaltando os comensais de bares e restaurantes. Não havia mais segurança pública eficiente. O pateta presidente ficava só reclamando dos seus inimigos nas redes digitais e colocou um banana com cara de pamonha para administrar a crise de segurança. Os ricos não se importavam com nada do que estava acontecendo porque, para eles, a comida era importada e a sua segurança era privada.

O calor continuava insuportável quando o meu ar-condicionado quebrou, em casa, no meio da noite. Abri a grande janela da minha sala de 150 metros quadrados. Por ali, repentinamente, entrou aquela bruxa velha voando em sua vassoura de pau e capim. Rodopiou por cinco minutos gritando e me xingando até que estacionou e me disse para parar com tudo o que eu vinha fazendo porque as minhas ações estavam destruindo o mundo. Ainda dava tempo, era a minha última chance de convencer os donos do poder. Ela me disse que a peste se espalhava e que eu e meus cúmplices no poder éramos os culpados. Disse que naquele dia em que eu apareci na sua cabana, ela leu na minha mão a pior de todas as almas que havia visto em toda a sua existência. Depois disso, sumiu num clarão de luz com aquelas fumacinhas que os mágicos fazem nos seus truques.

Não acreditei naquela visão delirante e decidi voltar para aquele chalé em Recife. Ali, ao menos, tinha um excelente ar-condicionado enquanto o meu estivesse no conserto. Além disso, queria tirar uns dias de descanso e estava desejoso de outro momento com a mulher monumento, ainda mais agora que seu marido havia deixado de ter tanto ciúme. Coincidentemente, após receber vultosas quantias em sua empresa de assessoria - para nada - que contratei. Primeiro, passei mensagem para ela, pedindo que se preparasse, em seguida, avisei o marido, dizendo-lhe que ela tinha um compromisso comercial importante. Ele logo compreendeu o compromisso e pediu que ela conseguisse mais contratos estratégicos para a sua empresa de Aspone (Assessoria de Porcaria Nenhuma). Pediu também alguns vídeos de toda a sacanagem que ela fazia comigo porque, com 260 quilos, o seu prazer era apenas ver o que acontecia com sua mulher, sabendo que, pelo menos, ela gozava de alguma maneira melhor do que ele.

Chegamos na sexta-feira à tarde e repetimos muitas coisas do que já sabíamos fazer, e, depois do jantar, tentamos outras até nos acabarmos na cama. Há muito tempo que eu não tinha um sono tão tranquilo, pois ser muito rico e poderoso tinha a desvantagem de não me dar sossego. Ao lado daquela mulher eu me sentia tão tranquilo que continuava desconfiando dos meus sentimentos, achando que talvez eu tivesse algum.

De manhã, após o café, passeei em volta da casa e observei que ela possuía grades muito fortes em todas as portas e janelas e estranhei aquilo. Pensei que deveria haver inúmeros ladrões por perto, mas isso não me preocupava porque muitos seguranças garantiam minha integridade. Na praia em que a mulher monumento aproveitava para se bronzear seminua, causando louca admiração nos homens que circulavam, passei um grande susto quando comecei a ouvir uma sirene tocando bem alto. Todas as pessoas que estavam na praia começaram a correr, passando tresloucadas por mim. O que significava aquilo? Em meio à correria, perguntei para o dono do bar que fechava o seu estabelecimento com pesadas portas e cadeados:

- São as hordas que estão vindo! Fuja enquanto é tempo!

Que hordas eram aquelas? Quem participava delas? Não pensei muito e nem queria saber que hordas eram. Com a ajuda dos meus seguranças, corri até o chalé, mandei a mulher monumento entrar rápido e começamos a trancar todas as portas com aquelas grades pesadas, só então eu reparei que as paredes da casa eram muito grossas também.

Meus seguranças ficaram do lado de fora vigiando, armados, sem saber o que viria.

Sentei-me na sala e aguardei. Por alguns minutos, não pude ouvir ruído algum, tudo parecia imóvel, nem o vento soprava, nem os pássaros piavam, os animais pareciam ter sumido, só aquele grilinho cricrilava. Olhei para a rua, pelo vão da cortina, e uma bola de mato seco passou rolando arrastada pelo vento que começou. Então comecei a ouvir o ruído de uma grande avalanche que vinha aumentando de intensidade com rapidez, subi ao primeiro andar e olhei pelas frestas das janelas. Vi uma multidão enorme correndo na direção da casa em que eu estava.

Eram milhares de famintos, estropiados, rasgados, herdeiros da grande massa de descendentes dos eternos escravos, daqueles que foram sempre esquecidos pelo país, dos explorados pela elite gananciosa. Uma quantidade impossível de se calcular. Corriam ou andavam ou marchavam, não sei. E vinham devastando tudo pelo caminho, como se fossem formigas cortadeiras. Estavam armados de todo tipo de utensílio, enxadas, foices, revólveres, e vinham destruindo e devorando tudo o que encontravam no caminho, como vorazes gafanhotos atacando uma plantação. Revelavam-se verdadeiros famintos em busca de proteína animal encontrada em ricos gordos e sedentários. E seguiam metodicamente, vasculhando as casas e apartamentos, saqueando bares, supermercados e armazéns, queimando ônibus, invadindo bancos onde, com maçaricos surgidos não se sabe de onde, abriam os cofres gigantescos e queimavam o dinheiro.

E chegaram até o local em que estava o meu chalé. Um tiroteio de várias horas seguiu-se até que todos os meus seguranças foram mortos. Muitos dos famintos também morreram. Outros milhares surgiram e começaram a atacar a casa por todos os lados, as pesadas paredes sofriam golpes de marreta, pareciam querer demolir tudo, as grades eram forçadas e muitos apareciam com serras manuais de ferro para serrá-las. Imaginei que, se ficassem ali por umas doze ou treze horas, talvez conseguissem serrar as grades e cadeados ou derrubar as paredes e invadir a casa onde eu estava.

Peguei meu revólver e comecei a ameaçá-los, mas ninguém ligava para os meus brados, pareciam não ter ouvidos, ter apenas a vontade de serrar as grades e destruir as paredes com marretadas. Então atirei e derrubei um daqueles seres humanos reduzidos a animal e logo a multidão sumiu com ele enquanto outros permaneciam ali. Percebi que muitos estavam praticamente nus, homens e mulheres não possuíam sequer roupas para vestir-se. Atirei novamente e, a cada um que eu abatia, outros dois recolhiam o corpo e outro recomeçava o serviço, foi então que a mulher monumento veio de lá de dentro, puxou a cortina e viu atrás dela um botão, apertando-o.

Uma pesada e grossa porta de aço temperado subiu das profundezas do terreno e fechou a parede em frente à grade. As pessoas que ali tentavam serrá-la, tiveram que tirar rapidamente os braços e mãos, do contrário, tais partes ficariam presas ou seriam perdidas.

- Como você sabia disso?

- Tinha um aviso na porta da geladeira, aqui é um abrigo antiaéreo e antiatômico.

Corremos, então, a apertar todos os botões atrás das portas e janelas que restavam. Em pouco tempo estávamos em completa segurança, ouvindo o barulho das pessoas que passavam, imaginando que eram milhões de ratos famintos procurando comida, talvez guiados pelo flautista encantador.

Foi a nossa sorte porque, em seguida, a energia elétrica caiu e ficamos totalmente no escuro. Parecia que havíamos entrado no mais fundo de uma caverna. Esperamos. Ouvimos o barulho das hordas passando pela casa por trinta e seis horas seguidas.

Novamente aquele silêncio fez-se onipresente. No escuro, ouvíamos apenas as nossas respirações, tateei pelo corpo da mulher monumento e depois pela casa, durante um bom tempo, até conseguir chegar ao andar de cima. Resolvemos abrir um pedaço da porta de aço de uma janelinha do banheiro da suíte para averiguarmos a situação. Por ali, soltamos um drone com uma câmera filmadora que sobrevoou a capital do estado. Ainda havia um pouco de energia no laptop. O que vimos foi algo terrível.

Aparentemente, todos os habitantes das classes média e alta de Recife haviam sido devorados. Havia centenas de caveiras e esqueletos espalhados pelas ruas, as hordas passaram comendo tudo, animais, comida, pessoas, era o banquete antropofágico que restou aos famintos do país. Eles tinham fome de quê? De comida, de bebida, de diversão e balé? Comeram os abastados, beberam os ricos, se divertiram com os churrascos e dançaram felizes o livramento da privação. Alguns remanescentes das hordas ainda dormiam pelas ruas, saciados, bêbados e felizes. Ao acordar, juntavam-se, pouco a pouco, até formar uma grande coluna e retomavam a caminhada para outro lugar onde pudessem encontrar mais comida humana.

Um grande desespero bateu em mim e eu quis saber dos meus negócios, do meu dinheiro, do meu poder. Telefonei para os meus gerentes, mandei mensagens, e-mails, nenhum deles atendeu. Teria isso acontecido somente em Recife ou no país inteiro? Decidi ir embora. Pelas imagens do drone, vi que não havia mais hordas na cidade e era possível sair.

Com a luz do dia, pudemos encontrar um gerador de energia autônomo no porão do chalé, junto com suprimentos, gasolina e um tanque com 20.000 litros de água potável. Naquele momento, eu estava desesperado, sem pensar muito, ávido pelo desejo de sumir dali. Coloquei galões e mais galões de querosene de aviação dentro do helicóptero que ficou no heliporto subterrâneo, para eu reabastecer, por completo, pelo caminho até chegar a São Paulo. Coloquei algumas caixas de comida enlatada e água. Havia combustível suficiente para ir até a minha mansão no Jardim América. Lá eu possuía bastantes suprimentos e poderia seguir rumo a algum lugar mais seguro. A mulher monumento preferiu ficar, disse que se sentia mais segura trancada naquela casa. Despedi-me, subi no aparelho e levantei voo para averiguar pessoalmente o que ocorria com os meus negócios e com o país.

Do alto, pude avistar o resultado do avanço das hordas famintas e destruidoras, e acompanhar a evolução da crise trocando mensagens com outros pilotos do país por meio do rádio do helicóptero. Formamos uma rede dos desorientados e desesperados. Soubemos que eram milhões de pessoas que marchavam aparentemente sem rumo ou direção. Seguiam pelo litoral e pelo interior em aglomerados de quilômetros de gente.

Ao longo do tempo, elas foram se avolumando, mas não havia qualquer preocupação do presidente pateta com o problema. Não aparecia em lugar algum, não estava nos jornais, nas redes de TV ou na internete.

E, nos lugares onde as hordas ainda não haviam chegado, as pessoas se divertiam nos bares, nas praças e nas praias. Bebiam cerveja, iam às suas festas e baladas, namoravam, transavam, aproveitavam a sua vida, entretidas em seus medíocres mundos com toda a tecnologia possível. Riam de vídeos da internete, quebravam o pau com os parentes e amigos nas redes digitais, brincavam com videogames, assistiam ao futebol, passeavam nos shoppings, postavam milhares de fotos nos aplicativos. Era só isso, perdiam tempo com as besteiras de suas rotinas de consumidores de suas próprias vidas. E mesmo quando os vídeos do que estava acontecendo no país começaram a pipocar nos celulares, não havia crédito para a verdade. Começaram a falar que a produção de filmes de zumbi do Brasil era melhor do que a norte americana por ser muito mais realista. A negação da realidade, regra entre a classe média e alta, prevaleceu. Percebi que ninguém se preocupava com as hordas famintas, talvez porque não havia notícia alguma na rede Plim-Plim ou nas plataformas digitais de notícias. As hordas eram totalmente ignoradas como se fosse preciso preservar o público, gado da rede de televisão e da mídia, de notícia tão terrível.

As hordas estavam avançando. E elas iam tomando conta de tudo. Na primeira vez que elas apareceram na TV era tarde para fazer qualquer coisa, e aconteceu em um dia quente com a praia de Copacabana lotada. Uns dias antes, elas vinham avançando pela Serra dos Órgãos. Entraram na área urbana da grande Rio. Foram também por Niterói. Vinham com a estratégia de continuarem invisíveis às pessoas, disfarçaram-se de moradores de rua, garis, vendedores de sinal, entregadores, pedintes. À medida que foram invadindo a cidade e se posicionando, os moradores das favelas sentiram que tudo ia acontecer, mas havia alguma coisa que fazia com que eles também se juntassem às hordas, parecia que era algum tipo de feromônio, como se fossem formigas ou abelhas. E, de repente, para os cariocas da gema, da clara, da casca, da Barra, de Copacabana, de Ipanema, de Botafogo, às duas da tarde daquele domingo de 40º à sombra, com as praias lotadas, veio o ataque. As hordas chegaram, o morro desceu, e tudo se transformou no caos. As lutas aconteceram no corpo a corpo. Muita gente tentou fugir nadando, mas o sangue trouxe tubarões de longe. Quem estava nos passeios de patins, patinete, correndo, pedalando, foram os primeiros a serem pegos e a virar churrasco. Os edifícios eram invadidos, os carros não tinham como circular e os motoristas eram arrancados de dentro deles. As hordas iam atrás da proteína animal da qual foram privadas por séculos. O grande problema era que a proteína animal de gente também fazia parte daquele cardápio.

Desse dia em diante, rapidamente, as hordas se espalharam pelo país. Algum tipo de chamado as trouxe ao mesmo tempo por todos os lugares. Nas fazendas do Pantanal, devoravam bois e mais bois, usando a soja como combustível do churrasco; nas plantações de cana-de-açúcar de São Paulo, divertiam-se com a doçura do caldo. Os fazendeiros paulistas mandaram seus empregados, com enormes máquinas agrícolas, avançar sobre a multidão de desvalidos. De nada adiantava, alguns morriam, outros apedrejavam os condutores, outros se transformavam e se viravam contra os fazendeiros. Estes, desesperados, incendiavam as plantações na tentativa de se proteger. Conseguiam apenas morrer intoxicados ou queimados antes. No final, todas aquelas máquinas eram travadas e logo tudo estava parado, a resistência nas fazendas era facilmente rompida.

Em Minas Gerais, o mesmo acontecia quando as hordas entravam nas mineradoras e paravam as máquinas. Sem ter como impedi-las e sem alternativa, os empregados, desesperados, explodiam as barragens para tentar afogar aquelas pessoas. Acabavam por adiar o inevitável encontro. As opções eram poucas: fugir até não mais poder e ser alcançado, lutar até ser morto e devorado, ou juntar-se a elas e continuar a caminhada.

Rapidamente, as hordas avançaram sobre as cidades grandes de todo o país. Elas desciam dos morros e subiam dos grotões, saíam das periferias e das favelas. Surgiam dos buracos das cidades e saqueavam supermercados das grandes redes, queimavam ônibus e quebravam os trens do metrô. Aterrorizadas, as pessoas entravam em seus carros e tentavam fugir, mas era inútil. As hordas avançavam sobre os veículos parados em gigantescos engarrafamentos, retiravam os motoristas para transformá-los em algo mais suculento.

As rádios começaram a noticiar a destruição provocada pelas hordas famintas. Ouvi que um pastor evangélico neopentecostal foi atacado no meio do culto na tentativa de tirar o demônio do corpo de um faminto. O pastor gritava "Fora, Satanás!" enquanto o faminto avançava. "Em nome de Jesus, fora, Satanás!" e o faminto continuava. Atrás dele vinham outros, o pastor brandia a Bíblia gritando: "Fora, Satanás!". O faminto segurou o braço do religioso, mordendo-o. Assustado, o pastor fugiu e se trancou no banheiro. Ali estava guardado o dinheiro da igreja. Não adiantou oferecê-lo aos famintos que, rapidamente, retiraram o homem de lá dizendo: "Achamos o Satanás! Vamos mandá-lo para o fogo do inferno!", e o transformaram em churrasco na frente da assembleia que, ao toque dos famintos, uniu-se às hordas e se aproveitou das carnes gordas do pastor.

E soube que aconteceram coisas semelhantes com outros milhares de pastores e de padres católicos. Parece que os franciscanos mais magros, com seus mantos marrons, foram poupados, talvez tenham sido confundidos com os famintos.

Nas Igrejas Católicas dos grandes centros, de bairros mais ricos, não houve como salvar as pessoas da classe média e alta que se refugiaram nos templos, acreditando que os locais sagrados seriam guardados por

Deus de todos os perigos. Grandes foram as lutas, na verdade, foram lutas bíblicas, literalmente, porque a defesa era a Bíblia, usada ora como escudo, ora como peso para bater nos desvalidos. Os objetos que estivessem à mão como cruzes, santos, cálices, corrimãos, bancos, correntes, lustres, ostensórios, eram usados de arma pelos cristãos católicos no combate aos famintos, na tentativa de salvar as suas vidas. O mesmo acontecia com os pentecostais e neopentecostais. Nenhum dos religiosos parecia disposto a dar a própria vida aos pobres e famintos. Não adiantava se converter à religião naquela hora derradeira e rezar ajoelhado no milho de pipoca, ninguém foi salvo. Católicos, evangélicos, umbandistas, budistas, judeus, islãs. Todos se igualaram no fogo da churrasqueira.

Em São Paulo, o grande templo de Salomão foi invadido, os pastores começaram a fugir com sacos e sacos de dinheiro nas costas acompanhados de guarda-costas fiéis, subiram as escadarias para alcançar o heliporto, mas as chamas de um grande incêndio os sufocava. Ao atingir o alto, encheram a aeronave de dinheiro e levantaram voo, mas não se sabe como ou por que, parece que o segurança que entrou por último foi infectado por alguma ideia antropofágica e, então, sacou o revólver e começou a atirar em todos, até que houve uma explosão e uma grande chuva de dinheiro caiu sobre a multidão, indiferente às notas, aproveitando apenas o churrasco de gordos pastores universais.

Para chegar em São Paulo, eu estava tendo muita dificuldade no caminho porque precisava fazer algumas paradas de reabastecimento em locais inseguros. Ao vir voando, pelo rádio, por meio dos meus conhecidos dos helicópteros, eu soube que tudo aconteceu nas últimas 48 horas, enquanto eu estava preso no abrigo antiatômico lá em Natal. Desde que saí, pelo caminho, pude ver a cobra grande serpenteando pela Região dos Lagos. Vi o saci-pererê montado no jacaré, ele ria de tudo, uma risada satisfeita de ver aquela confusão. Mandaram-me um vídeo do Rio de Janeiro: o Mapinguari estava andando sobre a ponte Rio-Niterói procurando sobreviventes nos carros parados e, ao encontrar alguém, jogava-o impiedosamente da ponte, lá embaixo, no mar, e, os famintos, em pequenos barcos recolhiam os corpos. Um grande transatlântico, lotado de turistas estrangeiros branquelos, cujo capitão, desavisado da situação, tentou fugir ao se ver em apuros, foi invadido. Aqueles que vieram atrás de diversão encontraram o horror. Ao passar sobrevoando a cidade, por toda parte eu via a destruição, igual às outras grandes cidades que estavam dominadas pelo caos.

Reabasteci em uma ilha de Paraty. Precisaria de mais combustível. Ainda tinha o suficiente para mais quatro ou cinco horas de viagem antes de precisar reabastecer. Segui pelo litoral e pude ver Ubatuba, Caraguatatuba, enfim, todas as cidades em estado caótico. A balsa de Ilhabela queimava à deriva. Soube que as pessoas da maior favela de palafitas do Brasil juntaram-se às hordas e dominavam a cidade de Santos, que evitei, para subir a Serra do Mar por lugares perigosos para o voo, mas menos habitados.

Cheguei a São Paulo e vi milhões de automóveis parados nas ruas, abandonados à passagem das hordas. A periferia avançou sobre o centro numa selvageria redundantemente animal. Aqueles que não conseguiram fugir transformaram-se em cadáveres reduzidos às suas ossadas. Havia ossadas dentro dos prédios, nas ruas, dentro dos automóveis, muitos cadáveres ainda tinham seus restos de carne e os urubus retiravam grandes nacos deles. Os ratos roíam os ossos, até um enorme urubu-rei foi atraído pelos restos humanos que se espalhavam pela cidade. Lobos, onças e outros bichos aproximavam-se atraídos pelo cheiro da carne fresca das pessoas.

Era alguma coisa como se a Cracolândia tivesse se multiplicado por milhões, como se todos os nativos americanos de Pindorama, dizimados pelos portugueses, tivessem ressuscitado, como se todos os escravos mortos ao longo de 400 anos ressurgissem para se vingar.

No alto dos prédios, eu via as pessoas lutando com os famintos numa disputa desigual. Os desvalidos subiam pelas escadas e, dadas as condições, as pessoas armavam-se e ficavam apenas esperando que eles chegassem pela única porta que dava acesso ao teto. Assim que os famintos das hordas começavam a chegar, eram abatidos, os mortos, então, bloqueavam a porta, mas os que estavam atrás, tiravam os mortos e mais vinham, e assim a batalha se seguia por horas a fio até que a última bala saísse dos revólveres e, por serem maioria, as hordas venciam, e chegavam aos moradores dos telhados, estes entravam em luta corporal com os famintos, resistiam até morrer, muitos preferiam pular ao invés de lutar. Ao final, no alto dos prédios, eu via as hordas famintas fazendo os churrascos de gente nas churrasqueiras das coberturas e se divertindo nas piscinas.

Em alguns casos, sendo impossível às hordas entrar no prédio, elas começavam a atear fogo nos edifícios e estes começavam a arder, os moradores tentavam apagar o incêndio e se viam em situação difícil. A classe média, sem a orientação segura da televisão e da imprensa a mando das elites, não conseguia organizar-se para combater as hordas dos famintos que tomavam a cidade. Essa classe, que passava a vida olhando para os abastados, distraída em futilidades e diversão, em telefones celulares e suas redes digitais, não conseguiu olhar para os que estavam abaixo dela. Por mais de quinhentos anos, as pessoas da classe média continuavam sendo a última barreira antes das hordas atingirem a elite. A marinha, o exército e a aeronáutica tentavam se organizar, as famílias dos militares iam para os quartéis e havia a resistência militar armada, porém, mesmo com muitas armas, tanques de guerra e aviões era quase impossível deter a enorme quantidade de gente. Em volta dos quartéis do exército, os soldados cavavam trincheiras e atacavam as hordas com granadas, morteiros e balas, mas eram muitas pessoas avançando, avançando, avançando. Logo acabaria toda a munição e restaria apenas a luta corpo a corpo.

Nos grandes shoppings centers de São Paulo, a luta era ainda bem mais selvagem do que se podia imaginar, enquanto muitos das hordas faziam fila para acabar com todo o estoque do MC Donalds e demais restaurantes, ao mesmo tempo, outras tantas pessoas invadiam e aprisionavam os consumidores que, desesperados, se abrigavam nas lojas e lutavam contra a morte certa. Houve correria generalizada e o radialista da maior loja de roupas tentou despistar a todos, avisando no sistema de som que o estoque inteiro estava em liquidação com 90% de desconto, o que causou um princípio de correria entre os integrantes das hordas, que se desconcentraram de suas intenções primeiras, enquanto os consumidores corriam atrás do anunciado grande desconto. A confusão causou o choque entre as grandes massas de gente, mas as hordas eram muito superiores em número e logo pegaram tudo sem pagar e ainda pegaram aqueles que foram atrás dos descontos.

Depois que acabavam com tudo o que havia no shopping, principalmente os sorvetes, chocolates, tortas e sobremesas caras, tudo era incendiado.

Não se sabia como se começava cada incêndio, só se via tudo queimando e muita gente assando junto. Em um grande shopping, houve uma enorme resistência de consumidores dentro de seus carros blindados, recusando-se a sair. Conectaram uns com os outros pelo bluetooth do celular, formaram uma espécie de barreira e começaram a avançar na multidão, tentando escapar do caos.

Essa tentativa de fuga quase funcionou, mas, ao sair nas ruas, os carros blindados não conseguiam superar os outros carros que estavam parados, impedindo a passagem. Os motoristas tentavam avançar, batendo nos veículos, mas chegava um momento em que paravam. Eles não saíam de dentro dos carros e era nessa hora que os integrantes das hordas começavam a queimar os blindados, restando, a aqueles que tentaram fugir, a morte, fosse assando dentro das próprias máquinas ou ao abrir a porta para escapar.

Nos aeroportos, a situação era muito confusa. Os aviões que entraram no espaço aéreo brasileiro, ainda desavisados, não conseguiam local para pouso e foram desviados para os países vizinhos. Bolívia, Paraguai, Uruguai e Argentina começaram a sofrer com o caos nos terminais. Aqueles aviões que conseguiram levantar voo nos aeroportos não poderiam mais voltar, alguns subiram sem combustível suficiente para atravessar a fronteira, os pilotos não sabiam quando, onde e como iam pousar, o embarque já havia sido um tumulto, com mais passageiros do que suportavam e menos combustível que o necessário. Os que tinham combustível nem sempre conseguiam pouso em outros aeroportos do continente porque todos estavam lotados e em alerta vermelho. Muitos aviões preferiam se afastar do litoral para tentar o pouso no mar. Soube-se que no aeroporto internacional de Guarulhos, os carregamentos de cocaína, de ecstasy e de MD foram descobertos pelas hordas que usaram de todos os entorpecentes existentes e enlouqueceram mais ainda. Uma multidão tentou fugir desordenadamente e acabou presa dentro dos saguões de embarque. A luta era terrível como se via pelos grandes vidros. Nenhuma madame com seu cachorrinho de bolsa, nenhum operador do mercado com seu terno, nenhum industrial com seu Rolex de ouro, nenhum mochileiro desavisado, ninguém escapava da fúria dos miseráveis.

Um pouco mais de sorte teve a marinha. Mandaram os familiares dos seus generais e marechais para os barcos de guerra porque o porta aviões Minas Gerais já tinha virado sucata. Talvez os únicos lugares seguros seriam as plataformas de petróleo em alto mar, mas não haveria alimento suficiente para tantas pessoas e durante tantos dias e, em algum momento, os barcos teriam de retornar à terra. A ideia destes generais era levar seus parentes todos para o arquipélago de Fernando de Noronha, para Ilhabela, para Ilha do Mel, Ilha Grande, Ilha de Marajó e outras ilhas onde as hordas tivessem que atravessar o mar para chegar. Era preciso urgência pois muitos começaram a tomar seus barcos e ir para as ilhas. Em canoas, pequenas velas e outras embarcações, as hordas chegariam. Nas marinas, os poucos ricos que conseguiram chegar antes de serem assaltados e devorados, fugiram em seus barcos sem rumo, os famintos subiam em outros ancorados e iam atrás deles e se travavam pequenas batalhas no mar, em meio às quais o sangue se espalhava pela água, atraindo os tubarões de todos os tipos e lugares.

Milhares de helicópteros sobrevoavam a megalópole paulista procurando um local seguro para pouso, que não havia. Todos, então, apenas observavam a movimentação das hordas, que, como gafanhotos, continuavam destruindo tudo o que encontravam.

Aos poucos, o querosene de aviação dos helicópteros ia acabando e, sem condições de reabastecer, muitos tentavam fugir para o campo. Aqueles que não tinham combustível suficiente pousavam no alto dos prédios que ainda não tivessem sido tomados. Os que aterrissavam na rua, imediatamente eram atacados pelos famintos e os pilotos, devorados aos pedaços. Outros, vendo que a morte seria inevitável, preferiam que o helicóptero caísse e explodisse no chão. Jogavam-se no meio da multidão faminta, tentando, com isso, matar alguns deles.

O que ainda restava de governo no país tentava organizar uma forma de combater as hordas. No entanto, o governo era formado por pessoas desqualificadas, começando pelo presidente pateta, um grande palhaço eleito no circo fascista das eleições. Ele pedia ajuda para os outros países do planeta, mas todos se recusavam a ajudar, a exceção foi os Estados Unidos, que mandou uma tropa de soldados para Buenos Aires, acreditando que tinham chegado na capital do Brasil. As potências estrangeiras nem sabiam que língua se falava aqui e alegavam, também, que não poderiam ajudar o país porque temiam que os vírus que infectaram a população fossem parar em seus territórios.

Brasília, naturalmente cercada pelos desvalidos, foi tomada, não deu tempo para a maioria dos senadores e dos deputados fugir, o Congresso Nacional foi cercado, o Palácio da Alvorada foi invadido, os funcionários públicos correram pelos campos gramados sem saber para onde. Muitos que estavam jogando paciência no computador e não faziam ideia do que se passava fora dos prédios com ar-condicionado, foram abordados pelos famintos e retirados de suas confortáveis salas. Ainda reclamavam porque ainda não tinha dado a hora de ir embora e precisavam bater o cartão.

Um dos meus cúmplices da Câmara, escondido no último banheiro do último andar, ao me pedir ajuda pelo celular, atualizou-me sobre a situação. Soube que muitos dos meus cúmplices de falcatrua - deputados, senadores, empresários que mamavam nas tetas do Estado, advogados infames, contadores insossos - todos foram devorados em poucas horas, inclusive o presidente pateta, cuja morte ocorreu de forma espetacular. Ao fugir das multidões, ele correu e se viu cercado no Grande Mastro Especial da Praça dos Três Poderes de Brasília, onde tremula a enorme Bandeira do Brasil. Ali, no desespero, cercado de todo tipo de gente que ele sempre odiou, decidiu subir os 105 metros de altura do monumento. Graças ao seu histórico de atleta, ele atingiu o cume, sabia que não estava seguro, mas não havia mais o que fazer. Como as hordas foram atrás, as opções do ignóbil presidente eram pular ou subir até o fim da última estaca lá em cima. Foi o que ele fez, tentando equilibrar-se no último poste de metal, pois era covarde demais para se jogar. Enfim, uma vertigem, um vento, ou as hordas balançando a estaca, fizeram-no perder o equilíbrio e, escorregando, acabou empalando sentado na ponta do mastro, morrendo de forma nada gloriosa.

O país ficou sem presidente, as forças armadas estavam totalmente desorientadas e se esfarelando. A aeronáutica tentou organizar seus pilotos para atacar aquela enorme quantidade de gente que avançava. Mesmo com todos os tipos de bombas e munição, havia o problema do reabastecimento dos aviões, pois as hordas avançavam pelos aeroportos e invadiam as bases aéreas; nos casos mais graves, muitos pilotos, ao ficarem sem combustível, também preferiam arremessar seus jatos em cima daquela massa humana à maneira dos kamikazes da Segunda Guerra mundial. Alguns militares se desesperavam e enlouqueciam, e se viravam contra os outros, passando a matar os próprios companheiros, a jogar seus aviões nos aeroportos, a afundar os navios, a explodir os paióis, a atacar os mesmos generais que lhe davam ordens de matar aquela multidão.

Um grande problema para as forças armadas passou a ser a transformação dos soldados mais rasos em integrantes das hordas. Quando isso acontecia, eles começavam a matar os superiores, a destruir os equipamentos militares e acabavam por se juntar à grande multidão de famintos. Levando consigo os velhos fuzis usados para treinamento dos recrutas e que eram as mesmas armas usadas desde a Segunda Guerra mundial, desconfiava-se que algumas eram usadas desde a Guerra do Paraguai.

Soube pelos telefonemas com os meus poucos cúmplices de saques e roubos generalizados que ainda estavam vivos e tentando se safar, que o grupo das Deputadas Abundantes foi devorado durante o último espetáculo. As hordas famintas avançaram no show, começando uma grande confusão, alguns subiram no palco e as pegaram, houve briga com os músicos da banda, todos foram mortos. Já elas, ainda vivas e assustadas, foram desnudadas, na sequência, estupradas, mortas e devoradas. Soube que a música que elas cantavam continuou durante todo o ocorrido, confirmando que não sabiam cantar e só ficavam dublando as verdadeiras cantoras que haviam gravado o repertório original.

Sobrevoei a minha mansão no Jardim América e não havia como descer para reabastecer e nem para pegar qualquer roupa ou comida. As ruas do bairro se transformaram em campo de guerra. Os atiradores nas guaritas não eram suficientes para abater tanta gente. Os meus ricos vizinhos não entendiam o que estava acontecendo, teve juiz gritando "Vocês sabem com quem estão falando?", sem entender que eles não precisavam saber de mais nada. As hordas entravam ensandecidas nas mansões e reviravam tudo atrás de comida e de gente que seria comida.

Eu precisava sumir dali. O mais estranho era que na favela, o prédio do Papai Noel desidratado continuava em pé, as crianças prosseguiam felizes, vivendo uma infância decente. As hordas pouparam ou não conseguiram avançar sobre aquele prédio. Percebi, imediatamente, que não existia lugar seguro para mim. Precisava parar para reabastecer o meu helicóptero. Voei para o mais longe que pude e encontrei um lugar no alto da Serra da Cantareira. Eu deveria ser muito rápido e encher apenas com alguns galões de combustível, era certo que o barulho do helicóptero chamaria a atenção. Dito e feito. Enquanto eu terminava de colocar o primeiro galão de combustível, tendo a precaução de não desligar a máquina, um homem surgiu do meio do mato atirando. As balas não me atingiram, mas perfuraram uma parte da fuselagem do meu veículo, subi rapidamente e alcei voo. Eu estava desarmado e não podia reagir. Felizmente, ele não conseguiu chegar a tempo de me pegar.

Enquanto voava, liguei o rádio do helicóptero e tentei descobrir algum lugar para onde pudesse fugir e ouvi um dos pilotos dizendo que se organizava uma resistência no alto das montanhas de Campos do Jordão. Voei para lá pensando somente em sobreviver.

Segui sobrevoando a Rodovia Presidente Dutra e o congestionamento ia até onde não mais se avistava a estrada, todo o trajeto de São Paulo ao Rio estava congestionado. Milhões de automóveis e caminhões parados, não havia motoristas nos veículos. Vi inúmeros caminhões que tentaram sair da estrada e seguir pelos campos e banhados valeparaibanos, mostrando o resultado daquela catástrofe -atolados, largados, batidos, incendiados. O caos era total, o medo das hordas transformava todos em animais. Famílias tentavam se refugiar nas florestas da Serra do Mar ou da Serra da Mantiqueira. Vi muita gente caminhando sem rumo, com medo de qualquer pessoa que chegasse perto.

Vi o índio Abaporu com seu arco e flecha correndo, como se me perseguisse.

Seguindo pela rodovia, de longe, avistava-se uma gigantesca fumaça negra subindo a quilômetros de altura, era a refinaria da Petrobrás em São José dos Campos que queimava em um incêndio incontrolável. Em Taubaté, segui o trajeto da Rodovia Floriano Pinheiro voando em direção a Campos do Jordão. Mais adiante, no pé da Serra da Mantiqueira, pude ver as hordas famintas que jogavam pedras e paus no meu helicóptero. Percebi que alguns atiravam e temi ser atingido e cair.

Mais ao alto, alguns quilômetros antes da entrada da cidade, vi muitos automóveis de luxo atravessados na estrada formando uma espécie de barricada e, a cada quilômetro, uma nova barricada de automóveis. Voei para dentro da cidade procurando um local onde eu pudesse aterrissar, precisava reabastecer o meu helicóptero. Consegui descer um pouco mais afastado do centro da cidade, no heliporto de um hotel de luxo onde, aparentemente, as hordas ainda não haviam chegado.

Mal eu desci, um homem veio recepcionar-me identificando-se como o gerente do hotel. Disse-me que a resistência estava armada por toda a cidade e que eles organizavam o núcleo mais forte em cima do Pico do Itapeva e da Pedra do Baú, pois o local era praticamente impossível de ser escalado pelas hordas. Também havia outros núcleos de resistência no Pico do Selado, no Pico dos Marins e no Parque Nacional de Itatiaia. Perguntei da Pedra do Baú e ele informou que estavam pedindo a todos que pudessem, para levar as pessoas lá para cima com o máximo de mantimentos, água, gás, roupas, barracas, combustível e armamentos para resistir. Somente os que tivessem algo para levar poderiam ficar por lá.

Imaginava-se que as hordas não aguentariam o frio do inverno, assim, os ricos poderiam viver um bom tempo por lá até que as coisas se acalmassem ou que encontrassem um novo local para onde fugir ou que fossem resgatados por outros ricos de outros países. Possibilidade essa mais remota, pois era mais fácil achar uma moeda de um centavo do que um ricaço ajudando outro. Para ele, se fosse possível, eu deveria voar para o Monte Roraima, mas seria uma viagem de 3.500 quilômetros. Naquela hora, pensei que tomei uma péssima decisão de vir para o sul, deveria ter ido direto para lá.

Consegui abastecer o meu helicóptero e tinha combustível para muitas horas de voo ainda. E enquanto abastecia, perguntei ao gerente se ele sabia como aquilo tinha acontecido. A única coisa que ele me disse é que tudo tinha começado com uns protestos no Nordeste contra o vazamento de óleo no mar. De um lado, o governo não fez nada, de outro, muitos voluntários, que participaram da limpeza das praias, começaram a ficar doentes. Parecia haver alguma relação entre a grande enchente da quaresma, a grande seca, o derramamento de óleo, a praga dos mosquitos, o zika vírus, o coronavírus, o uso indiscriminado de agrotóxicos, a destruição das florestas, com a fome e a desesperança generalizada que se espalharam pelo país. Alguns disseram que as pessoas ficaram doentes da cabeça, outros que tinha alguma coisa naquele petróleo, capaz de deixar as pessoas com fome, outros que tinha uma bactéria que deixava as pessoas com vontade de comer carne humana. Outros que o agrotóxico enlouqueceu todo mundo. O pessoal da esquerda dizia que foi o neoliberalismo levado ao extremo. A extrema direita dizia que era tudo culpa do PT. O fato verdadeiro é que os protestos não resolveram nada, a fome só aumentou e o povo ficou com mais raiva do governo inoperante do presidente pateta. Tudo ficou mais violento, aquele negócio começou a crescer. O gerente ouviu dizer tudo isso de um funcionário da Agência Brasileira de Inteligência, a Abin, que passou por lá um mês antes das hordas chegarem ao sul do país. O cara já estava fugindo para a Patagônia. Ele tinha contado tudo e alertado todos. Falou que a coisa ia ficar feia, que descobriram uma espécie de química que modificava somente os excluídos. E que não haveria qualquer chance de controle sobre a situação. Ninguém no hotel tinha dado bola, achamos que ele era louco e só queria desestabilizar o governo. Mas ele estava certo.

Eu queria continuar essa conversa com o gerente. Inclusive, lembrei-me de ter visto aquele óleo todo nas praias, o que me levou a oferecer banho grátis para todo mundo com sabão de péssima qualidade vindo de fábricas de fundo de quintal sem qualquer controle da vigilância sanitária. Será que aquela fábrica usava banha de animal contaminada com alguma bactéria? Será que os agrotóxicos que o meu indicado liberou tinha a ver com isso? Será que os campos que queimei para plantar soja transgênica liberou algum vírus desconhecido? Não pude mais ficar e tive de levantar voo rapidamente ao ouvir o ruído insuportável das hordas famintas chegando, mais forte que o barulho do helicóptero. Chamei o gerente para fugir comigo, mas ele se recusou a subir, ficou entre mim e as hordas no último gesto de fidelidade da classe média para proteger a elite do atraso. Para conseguir escapar, precisei chutar e pisar nas mãos de uma mulher que se agarrou nos estribos do aparelho. Ainda pude ver alguns hóspedes rechonchudos sendo retirados de seus quartos com a certeza de que virariam churrasco. Apesar das pedras e dos paus que quase atingiram o helicóptero, escapei ileso, porém, nada pude fazer pelo pobre gerente que foi atacado. Em pouco tempo ele seria transformado no próximo banquete antropofágico nacional na companhia dos hóspedes grandes e pesados de carnes macias e gordurosas.

Então, do alto, eu percebi como as pessoas mais pobres e ignorantes, ao invés de fugirem das hordas, transformavam-se em integrantes destas mesmas hordas. Bastava um abraço, um toque, um beijo e transmutavam-se em selvagens que começavam também a atacar os milionários, os políticos, os banqueiros, os rentistas e todos os abastados que haviam se beneficiado por séculos das injustiças do país. Os ricos não eram transformados pelo toque dos integrantes das hordas, imunes que eram ao sofrimento do outro. Tive a certeza de que o ódio acumulado contra os espoliadores não poderia mais ser contido. Voei até a Pedra do Baú e, lá, vi que a resistência estava organizada. Tentei descer, mas me fizeram sinal, impedindo-me de pousar porque não havia lugar. Dezenas de helicópteros foram jogados lá de cima sobre as hordas que tentaram subir as escadas de ferro, os que lá ficaram montavam guarda pelas passagens que poderiam levar ao alto e, à medida que alguém das hordas tentava subir, era alvejado e caía. Ali era o lugar mais seguro que eu vira até então, mas eu não poderia ficar. Eu não poderia voltar à cidade porque a luta pela sobrevivência era extremamente sanguinária e eu não possuía qualquer arma para me defender, pensei que eu deveria ter ficado com algumas das metralhadoras ou das outras armas que trafiquei.

Soube, pelo rádio, que a situação era semelhante no alto de todos os outros lugares onde se organizava a resistência. O problema maior se dava em como manter alimentados os ricos no alto das montanhas, pois era impossível obter suprimentos que, em algum momento, acabariam. Além do mais, os artigos de luxo não se encontravam em supermercados de periferia.

Em alguns lugares, os ricos foram mantidos presos porque, embora as hordas estavam satisfeitas de comida, precisariam deles vivos para comer na hora da fome. Começaram a ser tratados como gado de corte. Uma nova organização social começava a surgir.

Compreendi, enfim, que se extinguira o país. A civilização brasileira encontrara o seu destino. Depois de mais de quinhentos anos de exploração, de saques, de humilhações e de dilapidação, aconteceu a grande revolta. Enfim, os pobres e humildes entraram em convulsão completa. As hordas resolveram se vingar de todos os espoliadores e seus lacaios, de todos os Santos, de todos os Beneditos, de toda a classe alta, de todos aqueles que tivessem aviltado nos mercados financeiros, de todos os que ostentavam a riqueza e os humilhavam, dos que cobravam juros acachapantes, dos que abusaram da mais valia, dos que abusaram por séculos de sua paciência, de todos os opressores e de todos aqueles que defendiam os opressores. Libertaram-se, enfim, da escravidão histórica. As massas falidas decidiram destruir os jogadores de futebol que ganhavam milhões às suas custas e que nem sequer lhes traziam mais alegrias, decidiram trucidar os cantores horríveis que faziam músicas bestializantes, decidiram colocar abaixo todos os prédios das grandes emissoras de televisão e acabar com todos os atores, dar fim em todos os investidores do mercado financeiro e da bolsa de valores, rasgar todo o dinheiro do país, destruir os computadores, incendiar as empresas multimilionárias, nacionais ou multinacionais e acabar com todas as igrejas. Tudo precisava ser queimado e destruído. E os donos de todo o capital deveriam ser devorados para que não deixassem descendentes e matassem, enfim, a fome da turba. Aqueles um por cento mais ricos e, também, a classe média, estavam sendo devorados pelos famintos do país, os que tinham fome de tudo, de comida, de bebida, de diversão, de arte, de luxo, de lixo, de roupas, de viagens, de amor, de vida, de segurança. Se nada tinham, nada ninguém teria. Não sobraria ninguém, não sobraria cachorro, gato, cavalo, porco, boi, passarinho ou peixinho de aquário. Pelas cidades, viam-se apenas os restos humanos que ainda eram devorados pelos ratos. Das florestas próximas que ainda restavam, os animais saíam para devorar as sobras, viam-se onças, lobos e outros carnívoros andando pelas ruas. Os ricos que sobreviveram tinham pouca chance e suas carnes seriam congeladas para consumo futuro.

Eu sempre pensei que o país acabaria em pizza e estava acabando em churrasco. Não havia mais lugar seguro, lembrei-me de todos os meus roubos e sacanagens, de todos os desvios de dinheiro público, de todas as negociatas em que eu e os meus amigos do mercado ganhamos milhões, de nada mais elas adiantariam pois não havia como negociar com as hordas que tomaram o país. Rumei de helicóptero para a Argentina, pretendia me reabastecer por lá e voar para o Caribe, onde eu havia mantido minhas contas secretas recheadas de milhões de dólares nos paraísos fiscais.

No voo para a Argentina, eu via muitos helicópteros pousados no chão, seus donos pediam socorro aos outros que passavam e ninguém os auxiliava. Também havia outros caídos em chamas, ou abatidos pelas massas ou sem combustível. Inexistia qualquer tipo de solidariedade entre os ricos. Todos fugiam desesperados para algum lugar mesmo sabendo que não havia mais aonde ir. Pelo rádio, soube que todas as réplicas falsas de estátuas da liberdade espalhadas pelo país arderam, inclusive a maior de todas, em frente a uma grande loja, queimando com um velho careca dentro dela, pois se recusou a abandoná-la. A todo momento, eu via o Abaporu me seguindo. Talvez fosse uma ilusão, uma visão da minha mente atormentada.

Em Balneário Camboriú, no prédio mais alto do Brasil, tipo palitinho de Torres Gêmeas, de tão finos, não cabia meu helicóptero, pois havia outro lá em cima. Eu vi as massas invadindo o prédio e colocando fogo nos andares inferiores, também ali não haveria escapatória. Dava para ver as chamas no alto dos prédios fazendo a famosa sombra sobre a praia.

Os automóveis de luxo corriam pelas autoestradas que ainda estavam livres, muitos eram parados em toscas barreiras, os motoristas saíam atirando para todos os lados, mas as hordas famintas eram infinitas. Ainda que alguns desvalidos morressem, milhares surgiam do nada e logo pegavam quem tentava escapar, saqueavam, roubavam e se banqueteavam com os grandes corpos recheados de gorduras, açúcares e álcool em comemorações antropofágicas. Por toda a parte viam-se os churrascos de gente e a festa dos famintos. E quando, de dentro de um dos carros de luxo ou de dentro de um dos helicópteros saía uma bela acompanhante de um dos figurões, ela era devidamente despida, abusada, estuprada pelos homens das hordas e, finalmente, devoradas como as demais, apesar de não serem apetitosas porque dispunham de poucas carnes macias e os implantes de silicone não podiam ser aproveitados para nada.

Somente os helicópteros que tinham bastante combustível conseguiam chegar nas fronteiras. Havia um grande congestionamento para entrar na Argentina. A aviação platina impediu o avanço dos milhares de helicópteros e jatinhos executivos brasileiros, alguns tentavam contornar a Argentina e ir para o Paraguai ou para o Uruguai, mas os exércitos dos países vizinhos, alinharam seus mísseis terra-ar em diversos pontos ao longo da fronteira, com a finalidade de impedir que a crise no Brasil atingisse seus países. Dessa forma, iam derrubando todos que tentassem avançar. A ponte em Foz do Iguaçu foi implodida pelo exército paraguaio, alguns tentavam atravessar o Rio Paraná a nado, tentando escapar das balas dos atiradores. Consegui comunicar-me com o Coronel Santo que, naquele momento, tentava voar para a Bolívia, acompanhado de sua filha.

Os que tentavam furar o bloqueio da aviação platina eram abatidos, os que paravam no chão a alguns metros da fronteira e tentavam atravessar a pé, eram alvo do exército argentino ou do paraguaio, que montaram barreiras de atiradores que se divertiam matando brasileiros desesperados correndo no meio do mato. Pouquíssimos fugitivos conseguiam chegar do outro lado e, mesmo assim, pelo que soube, eram presos ou mandados de volta. Se ofereciam dólares para fugir, os homens dos países vizinhos extorquiam-lhes tudo o que fosse possível e nada lhes sobrava. A situação era semelhante em todas as outras fronteiras sul-americanas. Os que fugiram pelo mar, tentando chegar em algum lugar voando pelo Oceano Atlântico, iam caindo e se afogando.

Não havia mais saída. Agora, apesar de toda a riqueza e poder que eu acumulara, ninguém mais iria ajudar-me. Percebi que o meu destino era transformar-me em churrasco na antropofagia nacional instituída. Todo o meu dinheiro não compraria minha vida, todos os meus bens não me protegeriam, todo o meu poder não teria influência sobre as hordas. Não conseguia mais imaginar um futuro. Entretanto, um fio de esperança ainda corria pela mente. Mudei meu rumo e fui para o norte, tentaria esconder-me na Amazônia, mas a floresta estava em chamas e meu combustível estava no fim.

**FIM**

Este livro foi impresso em papel pólen soft.
Tipologia Minion Pro 12/14. Outono de 2022.